KB116615

나는 당신을 편애합니다

머리말

"부모님은 오빠와 저를 편애해요."
"선생님은 우리 반 1등이랑 저를 편애해요."

 살면서 한 번쯤은 들어보거나, 내뱉어 본 단어 〈편애〉입니다. 거의 대부분 사랑을 빼앗긴 위치에 있을 때 많이 언급되었습니다. 그래서 저는 문득, 편애를 당하는 쪽에 관심이 갔습니다. 그리고 제가 편애하는 것들에 대해 고찰해 보았습니다.

 저는 '편애주의자'입니다. 지금 이 머리말을 읽고 계신 당신을 저는 편애합니다. 수많은 책 가운데, 이 책을 고르신 당신은 다른 책보다 이 책을 편애하기 때문에 이 글을 읽고 계신 것이 아닐까 저는 조심스레 생각합니다.

 편애라는 단어는 우리 생활 속에서 다소 부정적인 의미로 쓰입니다. 하지만 모든 것을 평등하게 애정 한다면 좋아하는 음악, 영화, 책 등을 무엇이라 설명할 수 있을까요. 그래서 저는 '편애'라는 단어가 좋습니다.

 이 책에는 제가 편애하는 이야기들을 실었습니다. 제가 좋아하는 감정이 등장하기도 하고요, 제가 편애하는 장소에서 편애하는 사람들과 보낸 시간들, 그리고 그것에서 온 직접적 사유들을 정리해 기록했습니다. 제가 아는 실화 가운데 유독 편애해서 아픈 이야기도 등장합니다.

여러분은 편애하는 대상이 있으신가요. 그렇다면 무엇을, 누구를, 왜 편애하시나요. 한 번쯤 살면서 편애 했던 것들을 돌아보며 그 이유를 짚어본다면 그것들이 모여 당신의 확실한 색깔이 될 수 있지 않을까 기대해 봅니다.

2017년 11월

손현녕

1. 편애하는 일상

2. 편애하는 이야기

1. 편애하는 일상

그녀의 전언

"네가 다가가고 싶은 마음이 두 걸음 앞이라면, 참고 참아한 걸음만 천천히 가보도록 해. 그렇게 하면 너는 더 빛이 날 수 있는 사람이란 말이야. 너는 슬픔에 포커스를 두고 있어. 유쾌한 네 모습을 잃으려 애쓰지 마. 지금 그대로도 너무 좋아."

글쓰기

하고 싶은 일만 하며 살 수 없을까. 하고 싶은 일을 하면서 생계를 유지한다는 것은 물과 기름이 섞인다는 말처럼 일어날 수 없는 일일까. 나는 글을 쓸 때가 가장 즐겁다. 오롯이 나 혼자가 되는 시간이 좋다. 하염없이 나의 내면을 바라보는 시간. 그렇게 나는 무너지지 않기 위해 다시 바닥을 다지고 다진다. 세상 모든 것이 변해버려도 나 자신을 지키기 위해서. 그래서 나는 글을 쓸 때가 그토록 가장 즐겁다.

영감

오랜만에 아는 작가님과 통화를 했다. 나는 제주에 있다고 말했고 그에 작가님은 이렇게 대답하셨다. "제주에 계시면 도천에 영감이 많이 있겠어요."

'응? 여기는 할아버지보다 할망이 많이 계신 곳인데.' 하고 생각했다. 그리고 이어서 드는 생각은 도무지 부끄러워 이야기를 건넬 수도 없었다. '이 도천에 할아버지가 계시면 뭐하리? 할아버지와 손 붙잡고 앉아 수다를 떨기라도 하랴?'

차분히 대답했다. "네? 작가님, 여기 영감님은 별로 안계세요." 그러자 아주 무심한 목소리로 대답하셨다. "아뇨, 그 영감 말고요."

그 작가님께서 말씀하셨던 영감은 Inspiration. 무언가에 감정을 불어넣고 고무시키는 그 '영감'이었다. 부끄러움과 헛헛한 웃음을 뒤로하고 가만히 생각에 잠겼다. 내가 제주에서 영감을 얻고 있는가. 사실 제주의 도천에서 얻는 영감이라기보다, 제주에서 만나는 관계 속에서 얻는 영감이 많았다.

그리고 일어나는 사건들. 그래 그런 것이라면 내가 살던 육지에서도 가능한 것들이지. 하지만 관계의 변화는 떠나야만 만들 수 있는 것이니까. 케케묵은 육지에서의 모습을 던지고 오니 또 나를 돌아볼 수 있는 계기가 되었다. 그 작가님의 말씀이 옳았다. 영감은 제주에서 만든 인연들 속에 수 없이 널려있었다.

편애

　좋은 사람이 내 곁에 많았으면 좋겠다고 생각한 적은 없다. 하지만 마음이 악한 사람은 곁에 없었으면 하고 생각했다. 지금 곁에 몇 없는 사람들이 모두 다 따뜻한 마음을 가진, 어쩌지 못하는 마음을 가진 사람들이라는 것을 나는 안다. 그래서 나는 이들을 너무도 편애한다.

희망 사항

"앞으로 어떤 책을 쓰고 싶으세요?" 라고 물어온다.

"거창한 책이 아니라요. 저는 제가 힘들었을 때 쓴 글로 많은 공감을 얻고, 위로를 얻는 책을 쓰고 싶어요. 저는 이미 그 글을 쓸 때의 구렁텅이에서 빠져나왔을지라도, 그렇게 글을 써두었으니 혹시나 그 같은 구렁텅이에 빠져있는 사람이 제 책을 읽게 된다면 조금은 위로가 되지 않을까 해서 말이에요.

저보다는 조금 덜 아파하시길, 제가 겪은 시간보다는 조금 더 빨리 헤어 나오시는 데 도움이 되는 그런 책을 쓰고 싶어요. 누군가 한 명쯤에게는 가장 편애하는 책이 되었으면 해요. 게걸스럽게 빨리 먹어 치워버리는 책보다, 책장을 덮은 후에도 여운이 남고 잠시나마 사색을 할 수 있는 책이 되었으면 좋겠어요."

미워하는 힘

사람을 미워하는 일에는 많은 에너지가 필요하다. 모든 일에는 이유가 있다고 하지만, 너무 쉽게 사람을 미워하거나 내쳐서 적으로 만드는 사람은 어쩌면 자기 마음에 그와 똑같은 미운 사람이 들어 앉아 있기 때문이라는 생각이 들었다. 자기 자신도 그 모습을 가지고 있기 때문에, 그 모습이 미워 보이는 것이다.

갈팡질팡

　갈팡질팡하는 고민이 많은 날이다. 필요한 신발을 사려하니 가격대가 높아 고민하고, 이 사람을 더 만나볼까 하니 아무래도 신뢰가 없어 고민했다. 누군가 그랬다. 가격이 저렴해서 살지 말지 고민할 땐 사지 않는 것이 더 좋고, 비싸서 살지 말지 고민일 땐 사는 것이 좋다고. 사람은 어떨까. 신뢰가 부족하면 만나서 쌓아야 하는 일일까.

가풍

집집마다 가진 고유의 가풍이 있을 것이다. 그 가족만이 알고 있는 레시피나, 자주 찾는 맛집 그리고 휴식처, 휴가를 즐기는 방식 등 말이다. 우리 집은 여름이 되면 큰 대접에 미숫가루를 타서 얼음을 동동 띄우고 수박을 썰어 넣어 먹는다. 여름만 되면 생각나는 별미인데, 내가 나중에 가정을 꾸리게 된다면 대대로 이어져 갈 소소한 레시피가 되는 것이다.

또 하나, 매주 주말이면 산 속에 있는 절을 찾아 약수를 떠온다. 가끔은 돌아오는 길에 외식을 하고 차안에서 노래를 부르며 흔들흔들 어깨춤도 춘다. 부모님께 한 주의 피로를 풀어드리기 위한 노력이라 생각하니 나이가 자꾸만 먹어도 부모님 앞에선 영락없는 아이가 된다.

한 가족은 또 하나의 세계이고, 자녀들이 가정을 이루었을 때 또 하나의 문화로 이어져 간다.

아쉬움

아쉬울 때 숟가락을 내려놓고, 아쉬울 때 헤어지고. 아쉬
울 때 우리는 떠나야 한다. 가끔은 아쉽기 때문에 다시 그것
을 찾게 되므로. 넘치게 취한 것은 다시 찾고 싶은 마음이 쉽
게 들지 않는다.

그리워하기 위해 의도적인 아쉬움을 선택한다. 나는 지금
까지 아쉬움을 남겨놓고 살았다. 그 아쉬움으로 다시 시작할
용기를 얻기도 하지만, 모순적이게도 더 이상 아쉬움을 남기
고 싶지 않아 또 도전하는 내 모습을 발견하기도 한다.

습관 형성

습관이 무섭다. 어렸을 때부터 나도 모르게 자연스레 형성된 습관. 주변에서 올바른 어른이 곧바르게 잡아주지 않으면 남에게 민폐를 끼칠 수 있는 나쁜 습관이 우리도 모르게 몸에 배어버릴 수 있다.

나쁜 습관이 몸에 체득되어 있어도, 혼자 지내면 그 누구도 상관하지 않으니 그런대로 괜찮다. 본인만 불편하지 않다면 말이다. 그런데 누군가와 함께 한다면 이야기는 달라진다. 예를 들어 변기 커버를 올리지 않고 여기저기 소변을 튀기며 볼일을 보는 성인 남성이 공동체 생활을 한다면, 그 한 사람의 습관이 다른 모두에게 민폐가 될 수 있다는 것이다.

성인이라 함은 그런 것일지도 모른다. 자기가 한 일에 책임을 지는 것. 그런데 본인 스스로가 잘못한 것조차 모른다면 도대체 그 책임은 누가 지어야 할까. 그 사람을 제대로 키워내지 못한 그의 부모님을 향한 질타가 무수한 사람들의 입으로 내뱉어져 공기 중에 사라지면 그만일까.

정(情)

이성으로는 아무리 아니라고 해도 가슴이 시키는 일이 있다. 복잡해서 머리가 아파도 꼭 내가 해결해야 하는 일이 있다. 주변 사람들은 들어주기만 할 뿐, 선택은 결국 나의 몫이다. 그런 일들 앞에서 왜 나는 이렇게 망설일까. 답을 알면서도 어쩌지 못하는 마음에 시간을 빼앗기고, 더 사랑할 날들을 빼앗긴다.

우리는 이러지도 저러지도 못하는 일 앞에서 잠시 멈추어 고뇌를 하고 곧장 자기만의 방식대로 행동을 취한다. 나는 죄책감을 느끼며 여기에 머물러 있다. 이 또한 지나갈 시간이라는 것을 안다. 지나간 시간 앞에 억지 부리는 모습은 우습다. 재활용조차 되지 않는 우리의 대화, 감정, 시간, 웃음 그리고 또 한층 쌓이는 무서운 '정' 우리이기 이전에 너와 나. 사람 대 사람으로 쌓이는 이 '정'이 무섭다.

악당

"이모는 세상에서 가장 무서운 게 뭐예요?" 라고 작은 꼬마가 나에게 질문 했다. 나는 꼬마의 볼을 어루만지며 이야기해주었다.

"이모가 가장 무서운 건 병이야. 아픈 거. 이모는 이모가 사랑하는 사람들이 아프지 않았으면 좋겠어."대답을 들은 꼬마는 약간은 이해를 한 듯 했지만, 자기가 원한 '악당'같은 대답이 나오지 않아 이내 흥미를 잃은 표정으로 또래 친구들에게 달려갔다.

돌이켜보니 만화영화에 나오는 악당 역할이 어쩌면 병마와 같은 것이니, 꼬마도 언젠가 내 마음을 이해할 날이 오지 않을까하며 쓴 웃음을 지었다.

자유

    나만 제자리인가 싶을 정도로 시간의 흐름이 빠르게 느껴진다. 나를 속박하는 것들로부터 조금씩 자유로워져야 한다는 깨달음을 얻었다. 불안으로부터의 자유, 압박 속에서의 자유. 우리는 자유롭게 위해 자유를 스스로 착취한다. 결국 맴도는 결론은 '순간의 자유'였다.

    나를 갉아먹는 것들로부터 해방되어, 스스로 자유를 찾을 수 있어야 한다. 아주 미비한 것부터 시작하자면, 나는 이 좁아터진 방구석에서 해방되어야 하고 나아가 이 좁아터진 마음에서 해방되어 '나'다워져야 한다. '나'를 자유롭게 하여 '지금'에 존재하고 싶다.

기억여행의 길잡이

　어느 곳에 여행을 가도 사진을 찍기보다 그 장소와 시간, 내 감정을 글로 남기는 것이 좋다. 한참 시간이 지난 후에 글을 들추어 보면, 그 글을 쓰던 때의 온도와 습도, 냄새, 기분이 한꺼번에 다가온다.
　생각보다 나에게 있어 사진이 주는 현장감은 글보다 덜 하다. 지난 사진을 보면 그 장소만 눈에 들어올 뿐, 그 날의 감정이라든지 그 날의 온도나 습도 따위는 사진으로 잘 느껴지지 않는다. 이는 사람마다 자기만의 매개체가 달리 존재하리라.
　나는 여전히 마음에 드는 장소에 가면 단 한 줄이라도 글을 남긴다. 근사하다든지, 다시 찾고 싶지 않다든지 말이다. 기록은 기억 여행의 길잡이가 된다.

성장통

돌아보니 나는 많은 것을 얻었고, 내가 가진 것을 어떻게 써야 하는지 고민할 수 있었다. 가진 것 중 무엇이 가장 소중한지 알게 되었고 소중한 그것을 어떻게 하면 지킬 수 있는지 배웠다. 반대로 어떻게 했을 때 그것들을 놓치게 되는지도 어깨 넘어 알게 되었다.

나는 매년 여름에 성장통을 겪는다. 뜨거운 여름이 지나고 날 때마다 조금은 달라진 내가 되어 있었다. 역시 공짜로 얻어지는 것은 없다.

내가 과거에 부렸던 오만은 모두 가짜였음을 '뜨거운 여름이, 소리 없이 단시간에 얼굴을 숨기던 발간 해가, 밤바다에 살포시 얹힌 밝은 불빛의 고기잡이배가, 사랑하는 만큼 아끼지 않으셨던 어머니의 회초리가, 살아오며 만난 모든 진실 된 인연들이' 나에게 가르쳐주었다.

낮음

"제주의 무엇이 좋으세요?"라고 누군가 물었다. 그에 대답했다.

"저는 제주의 '낮음'이 좋아요. 건물이 대부분 낮다보니 왠지 하늘과 더 맞닿아 있는 기분이 들어요. 실제로 구름이 지붕에 걸려 떠나지 못한 날도 많았으니까요.

그리고 소음이 낮아서 좋아요. 육지에 있을 때는 몰랐던 것들이 제주를 다녀가면 느껴져요. 제주에 밤이 내리면 자연에게 자리라도 내어준 듯 온 동네 풀벌레 소리만 가득해요. 불을 끄고 잠자리에 들면 그 흔한 불빛하나 없이 눈을 아무리 깜빡여도 앞이 보이지 않고, 귀뚜라미와 온갖 벌레들의 수다만 가득하죠. 그래서인지 육지로 돌아가면 쉬이 잠에 들수가 없어요. 그동안 잠을 어떻게 잤을까 의문이 들 정도예요. 아무리 방안에 불을 끄고 꽁꽁 창문을 닫아도 스며드는 환한 불빛과 소음에 잠을 청하지 못하는 것도 참 힘들어요.

땅으로부터 시작하는 나무, 꽃, 열매, 풀의 생기를 느낄 수 있어서 더 좋아요. 땅에서부터 태어나 기어가고, 달려가고, 날아가는 자연의 생명들. 더 낮게, 더 낮게 땅으로 겸손을 가르쳐 주는 제주가 좋아요. 땅으로 가는 길을 아는 우리라면 조금 더 마음이 평온할 수 있지 않을까요?"

잘 알지도 못하면서

잘 알지도 못하면서 이야기 하지 말아요. 내 마음 다 알지도 못하면서 모든 것을 안다는 듯, 함부로 이야기 하지 말아요. 당신의 마음은 당신만이 알 듯, 내 마음과 감정 그리고 그때의 내 선택은 나만이 알고 있는 결과예요. 그러니 가끔은 그저 '그래. 그렇구나.' 해주세요. 평가하고 판단하는 일은 우리 이제 그만해요. 얼마간의 거리를 유지하며 그렇게 우리 서로 사랑하고 좋아할 수는 없을까요.

여행

   여행이 가지는 매력은 셀 수 없이 많다. 시간과 경제적 여유만 있다면 대부분의 사람들이 여행을 떠나는 것에 큰 고민을 하지 않을 것이다. 여행은 자기가 평소 녹아 스며져 있는 익숙한 공간에서 벗어나는 일이다. 그러므로 떠나는 그 순간부터 새로운 환경에 한 발 나아가 부딪히기 시작한다. 새로운 곳에서 만나는 새로운 사람, 냄새, 맛, 소리 등 모든 것에 적응하고 받아들이며 내려놓는 일련의 과정이다. 여행은 떠나본 사람이 계속 떠난다고 했던가. 한 번 떠나보면 우리는 안다. 얼마나 많이 배우고, 깊어지고, 단단해진 모습으로 돌아올지. 오늘도 다시 떠날 그 날을 기다린다.

봉숭아 손톱달

여름 내내 제주에서 지내던 게스트하우스 앞뜰에 봉숭아 꽃이 잔뜩 만발해 있었다. 우리는 꽃잎을 따다 절구에 찧어 손톱에 물을 들였다. 봉숭아 물 들이기에서 봉숭아 꽃잎보다 '풀잎'으로 물을 들인다는 것은 제주에 와서 처음 들어본 이야기다. 우리는 색을 더 진하게 내기 위해 백반을 대신하여 소금을 빻아 넣었다. 비닐을 손에 달달 감싸고 실을 묶어 하룻밤을 보냈다.

7월초에 봉숭아물을 들인 내 손톱은 9월 말이 되면서 조금 더, 하얀 '손톱달'에 밀려 나갔다. 하얀 손톱달이 커지고 보름달이 될수록 제주에서의 시간은 길어지고 육지와의 거리는 가까워진다.

사람을 잘 본다는 것

"저는 사람을 잘 볼 줄 알아요."라고 이야기 하는 사람을 만났다. '사람을 본다'는 것은 마음속에 가지고 있는 '주관적 안경'으로 호불호를 가리는 것이다. 하지만 직접 상대를 겪어보기 전에 사람을 '본다'는 것이 관계 형성에 미치는 영향은 그리 좋지 못한 결과를 낳는다. 무지보다 더 무서운 것은 편견이다.

동문서답

책방에 앉아 있으면 책방을 찾는 손님과 이야기를 나누는 사장님을 동시에 볼 수 있다. 그들의 대화 속에서 사장님 편에 서보기도 하고, 손님의 편에 서보기도 한다. 관광지라는 특색이 있는 곳이라 그랬을까. 사장님은 "여행 오셨어요?" 라고 종종 물으셨다. 같은 질문에 어느 손님은 대답하셨다. "아뇨, 제 남편이 여기서 의사를 해서요."라고.

아니, 이리도 동문서답이라는 사자성어에 딱 맞아 떨어지는 예시를 찾은 것도 오랜만이다. 그래서 어쩌란 말인가. 사람들은 자기가 가진 것을 드러내기도 좋아하고 또 숨기기도 좋아한다. 나 역시 그런 사람이다.

하지만 자연스럽지도 않고, 더구나 상대방이 궁금해 하지 않는 이야기를 저렇게 내뱉어 버리면 듣는 사람은 그 장소에 맞지 않게 나뒹구는 말들을 모두 어떻게 처리해야 할까.

귀(耳)

　왜 당신은 모두의 모난 점만 보나요. 안 좋은 이야기는 흘려 보내라고 귀가 두 개가 있는 것이고, 좋은 이야기는 두 배의 큰 소리로 들으라고 우리의 귀는 두 개가 아닐까요. 하나의 입으로 한 번만 이야기 하고, 우리 두 개의 귀로 더욱 경청할 수는 없을까요.

해질녘, 지구 냄새

제주에서 만난 인연이 있다. 제주 목가 주택에서 홀로 오랜 시간을 보내야 했던 날이 있었다. 당신을 그 공간으로 초대했다. 벌레가 무섭다는 고전적인 핑계로 말이다. 그때 나는 눈에 다래끼가 났고, 당신은 두 시간을 들여 내가 있는 곳으로 왔다.

함께 기타를 딩기당 딩기당 튕기다가, 굴러다니는 실뭉치로 소원 팔찌를 엮어 서로의 손목에 매듭지어 주었다. 나는 크림 스파게티를 만들어 대접했고, 당신은 함께 산책을 떠나자고 했다. 우리는 마라도 선착장까지 걸어갔다. 한 여름의 해질녘은 땅의 열기가 푸시식- 피어가듯 꺼져갔다.

항구에는 시간을 낚는 사람들과 맑은 눈을 반짝이며 입을 벌린 채 죽어가는 고기 몇 마리만이 쌓여있었다. 홍시처럼 붉은 해가 바다 끝에 걸려 서서히 미끄러졌고 우리는 집으로 천천히 돌아갔다. 돌담을 건너 보이는 밭의 작물 이름을 맞혀보기도 하고, 비가 내린 뒤 땅에서 올라오는 냄새는 '지구 냄새'라는 당신의 이야기를 귀에 익혔다.

그렇게 해가 달에게 자리를 비워주는 사이, 우리의 공간에 도착해 땀을 씻어내고 얼마의 맥주를 마셨다. 우리는 영화를 보기 위해 준비했다. 하얀 천으로 벽을 가리고 영화를 틀었다. 나란히 앉아 작은 공간에서 눈물을 글썽이며 영화를 보

자니, 연대감일까. 공간이 주는 친밀감일까. 떠나왔기에 가
능한 일들의 연속이다.

　낯선 곳에서 낯선 사람들과 함께 어울리는 일은 분명히 쉽
지 않다. 그 속에서 사람의 좋은 점만 보려 애쓰고, 다름을
인정하는 긍정적인 당신의 모습에 참 고마웠다.

소고깃국

누군가 나에게 물었다. "나 어떤 사람 같아요?" 질문을 듣자마자 지나간 당신이 어느 날 내게 해준 이야기가 떠올랐다. "현녕아, 너는 소고깃국 같은 사람이야. 왜냐하면 내가 제일 좋아하는 게 소고깃국이거든. 그리고 소고깃국은 두 가지 버전이 있잖아. 고춧가루를 넣은 것과 넣지 않은 것. 주어진 상황에 따라 변할 수 있는 네 모습을 보는 것도 난 즐거워."

그런 당신에게 나는 '돼지불백'같다고 했고, 매우 만족스러워하던 그 모습이 여전히 눈에 선하다.

떠나와야 할 과거

도망 다니기 바쁘다. 지레짐작, 겁쟁이가 되어버렸다. 가을이 되고 나서 혼자 방 안에 음악을 틀어놓고 멍하니 천장을 보는 시간이 늘어났다. 잠들기 전, 그 시간을 가장 좋아한다. '어쩌지?', '어떡하지?', '아, 모르겠다.'로 끝나는 생각의 꼬리. 지나친 생각은 부정의 도화선을 타고 흐른다. 역시 눈 질끈 감고 저지를 때, 무언가 '실패'든 '성공'이든 결과를 얻는다.

내 휴대 전화에는 약 10,000 장의 사진이 있다. 바로 어제부터 한 장씩 과거를 들여다 보았다. 찬란했다. 그리고 역력히 불안했다. 아니, 불안을 감추기 위한 시선과 노력이었다.

그럼에도 찬란했던 이유는 당신과 함께했기 때문이다. 유독 당신과 보낸 시절의 사진은 모든 것이 편안했다. 나는 아직 준비가 덜 됐다. 나를 더 사랑해야 한다. 그리고 당신을 덜 사랑해야 한다. 우리의 과거에서 떠나와야 한다.

마음 부자

사람의 겉이 속까지 결정해버리는 일이 종종 있다. 그러지 말아야지 하면서 내가 갖는 편견 역시 어쩔 수 없는 것일까. 어느 배우를 우연히 만나 길지는 않지만 깊은 이야기를 나누었을 때, 그 사람의 직업이 아닌 사람 그 자체로의 속을 만나게 되었다.

우리는 직업에 따라 사람을 낮게 또는 높게 대하는 경우를 보기도 한다. 그 어떤 직업도 스스로의 양심에 어긋나지 않고, 자기 자신을 귀히 여길 수 있는 직업이라면 업신여겨 질 이유는 하등 없다.

그 어떤 직업도 돈을 많이 번다고 해서, 사회적으로 인정받는다고 해서 그 사람을 있는 그대로가 아닌 프레임을 씌워 한껏 우대해 줄 필요가 없다는 것이다. 나는 이리도 잘 알면서 유독 '마음이 부자'인 사람 앞에서는 한 없이 작아진다.

퇴근길 잔상

퇴근하고 돌아오는 길에 차가 막혀 한참 신호를 기다렸다. 요즘 즐겨듣는 롤러코스터의 '습관'이 차안 가득히 울려 퍼지고, 그 위에 육성을 얹어 신나게 따라 부르고 있었다. 도로 한 가득 서 있는 차들도 힐끔 힐끔 쳐다 보면서 말이다.

그때, 반대편 차선에 멈춰선 한 대의 차. 그 운전석에 앉은 여자는 울부짖음에 가까운 표정으로 한 손에 전화기를 들고 통화 중이었다. 계속 쳐다보기가 미안했다. 그래서 고개를 얼른 돌렸지만, 왠지 내 차에서 울리는 노래 소리를 뚫고, 그녀의 울음소리와 고함소리가 들리는 듯 했다.

표정만으로 그녀의 모든 사정은 알 수 없지만 감정은 고스란히 느낄 수 있었다. '화'는 없었고, 떠나가는 것에 대한 슬픔 같기도, 놓아야 하는 것, 비워야 하는 것에 대한 서러움 같기도 했다. 잠시였지만 저녁 내내 그 잔상이 남는다.

오발탄 인생

7살에도, 17살에도 고민하지 않았다. 하늘에서 이미 정해준 직업처럼 말이다. 꿈이 없던 친구들은 심지어 나를 부러워했다. 하고 싶은 일이 있어서, 확고한 꿈이 있어서 그것만 보고 달려가면 되니까. 어디를 향해 달려야 할지 모를 친구들의 시선은 그랬다.

10년이 지났다. 27살의 나는 '오발탄'이 되었다. 너무 일찍, 경솔하게 튕겨나가 버린 오발탄. 이미 총구는 떠났는데, 조준이 애초에 잘못 되었던 것이다. 왜 그랬을까. 나는 어떤 객관적인 이유로 나 자신을 그토록 믿었을까. 이제는 많은 것이 정해져 버렸다. 손에 쥐어진 붓과 파레트의 물감은 돌이킬 수 없는 시간 속에서 굳어져 버렸다.

그럼에도 불구하고 생각한다. '오발탄은 어디로 튈지 모르니까 희망적이야. 붓과 물감은 어쩔 수 없어도 아직 하얀 도화지가 있으니 괜찮아.' 그래, 괜찮다. 다만 늙은 태아를 품으시느라 마음 졸이는 가족들에게 미안함을 이겨내기가 좀처럼 쉽지 않다.

시시한 인간

자기반성을 할 줄 아는 인간이 되고 싶다. 내가 나를 마주 보고 서서 객관적으로 평가하고, 지난 일을 반추하여 실수를 줄이고 싶다. 나는 나를 사랑하지 않는 실수를 저지르고 있다. 반복하고 반복한다. 이런 나를 가여워하는 당신들이 있다. 시간이 해결해줄까, 사람이 해결해줄까. 내가 풀어야 하는 숙제일지도 모른다.

시시한 인간이 되지 말자고 다짐한다. 눈에 보이는 껍데기와 당장 눈앞에 놓인 실리만을 쫓는 인간이 되지 말아야겠다고. 자기만의 굳은 신념과 자기철학이 자칫 아집이 되어 '꼰대'소리 듣지 않게끔 늘 자기반성의 태도를 지녀야 한다.

아무리 '옳은 일'도 '좋은 일' 앞에 무너지는 세상이다. 옳아서 좋은 것이 아니라 좋아서 옳다고 이야기한다. 옳음의 기준까지도 혼동하는 세상 속에서 나의 '옳음'에 대해 고찰한다. 그래, 역시 시시한 인간은 되지 말자.

'

사랑한다는 것을 어떻게 알까요?

'내가 누군가를 사랑한다는 것을 어떻게 알까?'에 대해 고민했다. '사랑하는 사람에게 목숨을 내어줄 수 있다면, 그게 정말 사랑일까? 죽어서 한 번에 끝나는 것보다 나의 두 눈을 내어주고 평생의 불편을 감수한다면 그것이 사랑일까?'

나는 또 다시 극단의 생각을 했다. 사소한 일에도 그 사람이 떠오르면 사랑이라 말할 수 있겠다고. 맛있는 음식을 먹으면, 좋은 장소에 가면, 기분 좋은 향을 맡으면, 그 모든 것에 함께 하고 싶은 사람. 그런 사람을 사랑이라 할 수 있겠다고 중얼거렸다.

사랑 타령을 하다 며칠 전 심은 바질 씨앗 화분을 보았다. 연두색의 티끌들이 힘겹게 흙 사이로 목을 빼고 있었다. 생의 의지. 생의 소중함에서 다시 한 번, 사랑을 느낀다. 살아 있는 것만으로도, 그래서 내 곁에 있어주는 것만으로도 나의 당신에게는 무한한 사랑이리라.

치사한 시간과 지나간 사랑

누구보다 특별하게 느껴지던 사람이 그저 '키 큰 남자' 또는 '그때 그 연하', '아, 그 눈 큰 여자'로만 기억되는 순간이 온다. 지난 일이란 다 그런 것이다. 지나고 나면 한 때의 그 특별함도, 애틋함도 '아무런 것'이 된다.

세상에서 나 혼자만이 가진 거울로 그 사람을 바라보는 것 같지만, 그렇게 시간이 지나면 아주 보편적인 시각으로 그 사람을 다시 만나게 된다. 어쩌면 그때 내가 바라봤던 그 장면에서 정지된 모습일지 모르겠다.

나도 누군가에게 그 당시의 정지된 모습으로 기억되고 있을 것이다. 그들이 붙인 나의 수식어는 무엇일까 문득 궁금해졌다. 내면 속 깊이 서로를 알아가던 우리가 시간이 지나면서 '외양, 나이, 사는 곳, 눈에 띄는 특이점' 같은 것으로 지칭된다는 것은 참 치사하다. 시간이 치사한 걸까. 인간이 치사한 걸까.

이유 없이 하는 것

가을바람을 흉내 낼 수 있는 것은 아무 것도 없다. 선풍기도, 에어컨도 붉은 가을에 불어오는 선선한 바람을 베낄 수 없다. 하루하루가 소중한 이 가을 날, 나는 소중하지 않은 사람들에게 시간과 감정을 쏟고 있다.

내 마음처럼 간수하기 힘든 것은 없다. 살다보면 마음처럼 되지 않는 일이 더 많다. 마음은 쏟을수록 손아귀를 벗어나는 모래알 같다. 사랑을 도대체 왜 하며 사는 거냐고 당신에게 물었다.

"살면서 정말 중요한 것 중에서 내가 왜 하는지 알고 하는 건 없어."라는 대답이 돌아왔다. 우리는 정작 왜 하고 있는지도 모를 중요한 일들을 해내고 있다.

마음이 시끄럽고 진정하기 어려우니 곧 언행에서 드러난다. 나는 여전히 준비가 덜 되었다고 생각한다. 내가 나부터 사랑해야 이름 모를 당신도 나를 사랑할 수 있을 테니 말이다.

우물을 벗어난 개구리

작은 우물 안에서 힘차게 울기만 했던 때가 있었다. 내가 나의 울음소리에 질려 더 깊이 땅을 파지 못했다. 어른들은 한 우물만 파라고, 또는 네가 책을 쓴 건 아무래도 잘못된 일이었다고 손 사레 치셨다. 책을 쓰지 않고 한 우물만 팠다면, 나는 그들이 원하는 위치에 앉아 행복했을까. 나는 오히려 우물에서 벗어난 뒤, 많이 느낀다. 세상의 다양성을, 내가 보고 느낄 수 있는 것들의 가치를.

우리가 살아가는 데 각자 세워둔 가치관이나 기준은 모두 다르다. 정답은 없다. 자본주의 사회에 살면서 '부'에 욕심이 없다면 그것도 거짓이다. 오늘도 고민했다. 배고프지 않으면서 내가 잘하는 일을 즐겁게 하고, 그것의 수익을 남과 나눌 수 있는 방법을.

마음 스트레칭

"인간이 가장 두려워하는 것은 타인의 생각이 아닐까." 라고 했다. 알게 모르게 시선을 의식하고 다른 사람의 말에 신경 쓰지 않는 듯하지만, 그에 우리는 웃고 운다. 정신과 레지던트로 일하는 친구는 말했다. 연세가 들수록 대화가, 상담이 힘들다고. 치료가 필요해서 병원을 찾지만, 본인만의 세계가 굳어질 대로 굳어져 벽이 두껍다고 했다. 아집이다. 아집이 생겨 나이 한 살, 한 살마다 딱딱하게 굳어간다.

말랑 말랑한 어른이 되고 싶다. 헐렁 헐렁이 아니라, 강단 있되 유연한 사람 말이다. 이상하게도 나이가 들면 '인정'하는 능력이 줄어든다. 어린이였을 때는 곧잘 인정했다. 나의 잘못이나 나와 다른 상대의 의견, 다른 이의 감정까지도. 이제부터 나 몰래 내가 굳어져 버리기 전에 마음 스트레칭을 해야겠다.

할머니의 편애

할머니께서 손녀, 손자에게 살 쪘다고 하면 정말 살이 많이 찐 거라고 하더라. 오늘 할머니는 내게 살이 많이 쪘으니, 뱃살 빼는 방법에 대해 가르쳐 주겠다고 하셨다. 그런 할머니께 "할머니! 살이 쪄도 할머니 손녀고, 살이 빠져도 할머니 손녀예요. 있는 그대로 할머니 손녀로 봐주세요. 할머니 손녀, 이만큼 건강하면 됐지~"하고 말하며 할머니의 젖무덤에 포옥 안겼다.

그래도 우리 손녀가 더 예쁘면, 더 좋으시다는 할머니. 나는 할머니 마음을 조금은 이해했다. 당신 눈보다는 밖에서 만나는 사람들에게 나쁜 소리 듣지 말았으면 하시는 마음. 기왕이면 예쁘다는 소리 들었으면 하시는 마음. 그런 마음은 이해하지만, 외모로 나의 가치를 평가 받기보다 바른 인성, 마음가짐, 내면의 깊이, 배려심, 마음 자리 같은 것으로 예쁘다는 이야기가 내게 더 큰 칭찬으로 다가온다.

겁쟁이의 사랑

"사랑, 절대로 하지 마. 정말로 안하겠다고 결심하고 버텨 봐. 그래도 무언가 사랑하고 있을 걸?"

좋아하는 영화의 애정 하는 대사다. 그 무엇도 사랑하지 않으리라 마음의 빗장을 걸어 잠그고, 단속을 해보아도 내 마음은 어딘가로 향해있다. 대상이 사람이든, 사물이든 말이다.

어딘가로 지향하는 마음은 막을 수가 없다. 잡고 꼭 붙잡아도 마치 두더지 잡기 게임처럼 어디에서 솟아 나타날지 알 수가 없는 노릇이다. 오늘도 역시 사랑을 절제하는 연습을 한다. 너무 커져버린 마음을 내가 감당해내지 못할까봐 말이다.

사랑하는 학생들이 그리고 나의 당신들이 이 넘치는 사랑을 짐처럼 무겁다며 도리어 내려놓겠다고 할 수 있으니. 아- 나는 사랑 앞에 겁쟁이가 되어버린다.

우연히

몇 차례 '우연'이 만들어 놓은 지금의 일들이 가끔은 너무도 신기할 때가 있다. 왜 하필 내 친구는 그 자리에 앉아서 우리는 15년째 친구인지. 왜 하필 그 날, 그 서점에, 그 시간에, 그 코너에 있어서 우리가 사랑에 빠졌는지.

우리를 그 시간과 장소에 데려다 놓은 것은 운명의 장난 같은 것일까. 그렇다면 내가 앞으로 마주하는 모든 '우연' 속에는 인연이 되기 위한 필연이 숨어있는 것일까. 모든 일에는 이유가 있고, 자신에게 유리한 방향으로 흘러가고 있음을 잊지 말아야 한다.

좋은 사람을 곁에 두고 싶다면 내가 먼저 좋은 사람이 되어야 하는데, 애쓰지 않아도 나를 갈고 닦는데 정성을 쏟다 보면 자연스레 그에 걸 맞는 사람들과 함께 있으리라. '우연' 그것 역시 내 인생에 내가 만들어 놓는 하나의 지도 같은 것이다.

꽃 선물

남의 일에는 유독 냉철하고, 내 사람이 상처 받았을까 걱정한다. 반면 나의 일에는 사고력과 판단력이 흐려지며 누가 가당치도 않게 터무니없는 말을 뱉어도 그저 죄송하다고 고개 숙인다. 당신은 이런 내 모습에 많이 속상해했다.

나는 누군가에게 묻지 않고 꽃 선물을 했다. 가을에 피어나는 아름다운 국화였다. 내가 떠나고 그 국화꽃은 먼지 가득한 책상의 제일 아래 서랍 속에 처박혀 버려졌다. 눈에 보이는 것조차 싫어 쓰레기봉투에도 넣지 못했으리라.

그는 이야기 했다. "꽃 선물, 꽃다발을 보면 예쁘고 잘생긴 사람들의 목을 잘라 포름알데히드로 보존 처리를 한 후, 보기 좋게 포장한 것과 같아 보여요. 왜 제게 묻지도 않고 이런 선물을 하셨죠?"나는 그것에 대해 곧바로 미안하다고 사과를 했다. 하지만 이 이야기를 곁에서 들은 당신은 나에게 말했다.

"그 사람. 건강하지 않은 것 같아. 우리가 꽃 선물을 하는 건 꽃 자체가 예뻐서, 꽃의 실용성이 있어서가 아니잖아. 그를 위해 꽃을 고르고, 목적지까지 꽃잎 하나 떨어질세라 조심조심. 그리고 받는 사람이 행복하길 바라며 선물 하는 것인데. '꽃 알레르기'가 아닌 이상, 자기 생각 그대로를 상대에게 전하는 것은 적어도 마음이 귀한 사람은 아니야. 선한 사

람 아니야. 건강하지 않아." 당신에게 이 말을 듣는 내내 나는
그에게 건넨 사과를 다시 가져오고 싶었다.

여름의 시작, 행복의 시작

7월의 첫 날, 제주로 간다. 돌아오는 비행기 표를 끊지 않고 무작정 떠나는 여행. 계획 없이 떠나는 여행임에도 불안하지 않을 때, 비로소 자유를 느낀다. 여기저기 돌아다니다 문득 집이 그리워지면 여지없이 짐을 챙겨 돌아올 것을 기약하고 나는 가벼운 발걸음으로 집을 나섰다.

공항으로 가는 길에 택시를 탔다. 그리고 맛있는 빵집에 들려 제주의 소중한 분에게 드릴 빵을 잔뜩 구매했다. 특별히 달지 않고 크림치즈가 듬뿍 들어간 빵을 가득 담아 부푼 마음을 안고 택시에 몸을 기댔다.

택시를 타고 한참을 가다가 기사님께 느닷없이 여쭈었다.

"기사님, 뜬금없는 질문인데, 뭐 하나 여쭤 봐도 될까요?"

"네, 그래요."

"기사님, 기사님은 지금 행복하세요?"

그러자 기사님은 단 1초의 망설임도 없이 대답하셨다.

"그럼요, 아주 행복하지요."

예상치 못한 빠른 답변에 잠시 멈칫하였다. 그리고 대화를 이어 갔다.

"왜 행복하세요? 저도 행복해지고 싶어요."

"우리 아들, 딸 다 건강하고 시집, 장가가서 다 키웠지요.

우리 와이프랑 가끔 드라이브 가고 여행 갈 수 있고요. 이 정도면 행복한 거 맞지요?"

　기사님의 행복은 단순하기도 했지만, 또 가장 어려운 것이기도 했다. 내가 바라는 행복은 어디에서부터 채워져야 하는 것일까. 나는 왜 그토록 행복에 집착하고 있을까. 행복하고자 하는 욕심을 버리면 비로소 행복할 텐데 말이다.

상처

"상처 주는 것이 편해요, 받는 것이 편해요?"라고 누군가 고요한 공기 중에 파란을 일으켰다.

상처를 주는 일도, 받는 일도 모두 마음 편한 일은 아니라고 속으로 곱씹었다. 하지만 그 자리에 있던 누군가의 대답은 더 의외의 것이어서 헛헛한 웃음을 자아냈다.

"저는 상처를 줘본 적이 없는 것 같아요."

얼마나 대단한 말인가. 누군가에게 상처를 주는 일을 작정하고, 의식하고서 하는 사람은 아마 몇 안 될 것이다. 그리고 나는 이어서 반성했다. '나 역시 나도 모르게 타인에게 준 상처가 많을 수 있겠구나. 괜찮은 것 같아도 괜찮지 않은 일들이 있을 수 있겠구나. 조금 더 언행에 신중해야 한다.'

대화

　같은 것에 대해 다른 것을 느끼는 우리는 대화가 필요한 사이. 너와 나의 다름이 있어 우리의 대화는 언제나 즐겁다. 다르다고 해서 틀린 것이 아니라는 것을 인정하기 시작하면 내가 못 보는 것을 보고 있는 그 사람의 시선이 너무도 신선하고 재미있다는 것을 깨닫는다.

동질감

사람과 사람은 동질감으로부터 친밀감을 형성한다. 비슷한 것을 좋아하고, 비슷한 감정을 느끼고 비슷한 것을 싫어할 때 우리는 그 사람을 신뢰한다. 아마도 그 중에서 어느 동일 대상을 함께 싫어할 때면 공감대는 더 커지기 마련일 것이다.

동일 대상을 싫어한다는 것. 그렇다면 누군가를 뒷담화하며 친밀해지기보다, 평소 느끼는 부정적 감정을 같이 토로해보는 건 어떨까. 내가 요즘 느끼는 불안을 같이 싫어해보고, 내가 느끼는 우울함에 대해 함께 이야기를 나누어 보는 것이다. 이 과정은 공감을 넘어서 서로에게 위로의 존재가 될 수 있을 테니.

외모와 첫인상

　누군가를 처음 만나서 호감을 갖기까지 외모가 얼마나 많은 비중을 차지하는가에 대한 잔잔한 이야기를 나누었다. 살면서 가장 살이 많이 쪘을 때, 지금의 남편을 만난 다비 언니는 이야기 했다.

　"J는 날 만났을 때 첫 인상이 '와- 크다.' 라고 했어." 물론 키가 크고 얼굴 생김새가 오목조목 예쁜 다비언니지만 남편분의 "와- 크다."반응을 어떻게 받아들일 것인가 하는 것은 그녀의 자존감과 연결된 것이다.

　첫 인상 하나가 어떤 관계든 인연 자체를 좌우할 수는 없다. 대화를 나누어 보고, 서로의 울림소리가 잘 하모니를 이루는지가 관건일 것이다. 그러기 위해 우리는 부단히 서로의 내면을 알아가려 노력해야 한다. 외모만으로 상대를 평가하고 놓쳐버린 후에, 진정한 나의 인연을 놓쳐버릴 수 있으니 말이다.

짜이 다방

   핸들이 반 이상 틀어진 차를 달달– 달달– 몰아 짜이를 마시러 간다. 지나가는 길에 마주친 하모 해변과 사계 해변의 모습은 환상적이다. 민트색의 바닷물과 진 파란색의 바닷물이 중간쯤 선 하나를 만들고 나누어져 파도와 함께 일렁이고 있다. 우리는 언제나 변함없는 짜이 다방에 가서 안방 주인마냥 편히 기대 이야기를 나눈다. 라씨와 짜이를 마시면서 맡은 인도향이 온몸을 감싸고, 진갈색과 붉은색 그리고 자연의 색이 인도를 대표하듯 눈에 어른거린다. 이렇게 하루를 뒤덮은 푸름과 붉음이 섞여 마음을 잔잔한 평온의 상태로 이끈다.

청정구역

　제주에 와서 달라진 점이 있다면, 가장 큰 것은 자연을 벗
삼을 수 있다는 것이다. 도시에서 살 때는 심심찮게 돌아다니
는 벌레를 무서워하고 내 눈에서 없애야 마음을 놓았다. 그
러나 제주에 와서 만난 귀뚜라미, 메뚜기, 부지런한 거미들,
심지어 손바닥만큼 큰 나방까지도 죽이는 것은 상상도 할 수
없는 일이 되어버렸다. 무언가 죽이는 일이 제주에서는 더 큰
죄책감을 불러 일으켰고, 함께 살아가는 존재로 여기니 더 그
럴 수가 없었다. 그럼에도 불구하고 반전이 있다면, 날아다니
는 대왕 바퀴벌레와 지네에게는 작은 마음 한 켠 내주기가 어
려워 얼음이 된 채 무기를 찾아 주변을 더듬는다.

거미

매일 거미줄을 치웠다. 다음 날이 되면 또 같은 자리에 거미줄이 가득했다. 매일매일 같은 시간, 같은 자리에 쳐져 있는 거미줄을 보면서 생각했다. '거미들은 정말 부지런하구나. 그래, 거미줄을 치는 일도 그들에게는 생업이니까.'

어느 날은 거미줄을 들여다보니 거미가족이 아주 기뻐할 만한 날인 듯 했다. 꽤 수확이 컸기 때문이다. 온갖 하루살이들과 길 잃은 큰 나방들이 거미줄에 가득 걸려 있었다. 그 거미줄을 다 끊어 내버리기에는 내가 너무도 못된 사람이라 느껴져, 거미줄을 가만히 두었다. 내심 기뻐할 거미가족을 생각하니 내가 다 배부르게 느껴지기도 했다.

스치는 것이 전부

언행은 늘 조심성 있게 해야 한다. 하나의 작은 말과 행동은 그 사람을 대표할 수 있다는 것을 잊어선 안 된다. 그것이 그 사람 전체를 보여줄 수는 없지만, 한 번 보고 지나치는 것이 일상다반사인 우리 삶에서는 하나의 단편적 행동이 그 사람의 전체로 기억되기 마련이니까 말이다.

인고의 장소

성격이 급한 사람은 어딘가 바다와 어울리지 않는다. 바다는 인내심이다. 한참을 바다와 마주하고 앉아 기다리고 기다렸을 때, 바다는 나에게 이야기 해준다. 파도의 단면을 통해서, 부서지는 파도의 끄트머리를 통해서, 파도에 밀려왔다가 실려 나가는 모래를 통해서, 모든 것을 삼켜 다시 새로운 시작을 알리는 바다 전체를 통해서, 바다는 인내심이다.

사람을 믿습니까?

'야, 넌 아직도 사람을 믿니?' 라고 울고 있는 나에게 스스로 질문을 던졌다. 사람을 너무 잘 믿는 것도 문제라고 하더라. 그러지 말라고 모두가 이야기 한다. 사람은 적당히 거리를 두고 어느 정도만 서로 믿으며 살아가야 하는 것이라고. 언제 뒤돌아 뒤통수를 칠지 모를 일이라고 말이다. 나도 잘 안다. 그런데 그게 이상하게 잘 안 된다. 얼굴을 보고 있으면, 함께 눈 마주치고 이야기를 나누면 어느새 나는 내 마음을 모두 상대에게 내어주고 만다.

물론 길에서 만난 '도를 믿으십니까?'와 같은 이단 종교나 건전하지 않은 것에 대한 신뢰와는 다른 차원의 이야기다. 오히려 그런 면에서는 그 누구보다 냉철하다. 어쩌면 내가 나의 선택을 너무도 잘 믿기 때문일까. 내 앞에 앉은 이 상대에게 빗장이 풀리면 한 없이 마음의 곡식을 내어 줘버린다. 사람을 믿고, 믿었던 결과는 언제나 더 많이 사랑하는 사람이 아프듯이. 나는 그렇게 또 마음 앓이를 하지만, 그 굴레는 계속 된다.

성악설

　받는 일보다 주는 일이 더 행복하다. 그 사람이 내가 준비
한 것을 받았을 때, 좋아하는 표정을 상상하며 하나하나 고
른다. 이렇게 보나 저렇게 보나 인간은 이기적인 동물이다. 받
는 것은 두 말 할 것 없고, 주는 일 또한 준비 과정에서 스스
로 행복한 감정에 도취하는 것이니 말이다. 그렇게 나는 내
감정에 도취해 양손 가득 채워 상대방으로 하여금 나를 충족
시키러 발걸음을 향한다.

비혼주의자

가끔 누군가 내게 결혼에 대해 물어볼 때면, 진심 반 농담 반으로 '비혼주의자'라고 이야기했다. 그러나 여행을 다니며 서로 사랑이 가득한 사람들 사이에 있으니 나도 '내 편, 내 사람'과 인생을 꾸려가고 싶다는 생각이 자연스레 들었다. 그들 삶에는 여유가 있어서일까. 여유가 사랑을 키우고 이어주는 것일까.

나도 한때 사랑을 꿈꿨다. 그리고 나와 내가 사랑하는 이를 닮은 아이에게 아름다운 제주를 선물하고 싶다는 작은 꿈도 만들었다. 어쩌면 그것은 부모의 욕심일 수 있겠다. 사실 장소가 중요한 것은 아니다.

제주가 되었든, 부산이 되었든 그 어느 장소에서든 '누구와 함께 가정이 이루어 순간, 순간이 즐거운 삶을 살아갈 것인가.' 그것이 내가 비혼주의에서 벗어나 미래를 꿈 꿔보기 시작한 첫걸음이다.

반딧불

　자연을 개발하여 조금 더 인간에게 편리한 생활을 제공하고, 볼거리를 늘리려는 사람들. 그리고 반대의 입장에서 자연을 지키려는 사람들. 그 가운데 인상 깊었던 사람들은 바로 사라져 가는 반딧불이를 증식시키기 위해 노력하는 사람들이었다.

　반딧불이는 아주 깨끗한 물에서 사는 우렁이를 먹고 자라는데, 이 싱싱한 우렁이들을 강원도에서 공수 받아 반딧불이가 서식하는 곳에 풀어둔다. 이렇게 조금씩 보호받으며 살아가는 반딧불이는 사람 손바닥에 5초 이상 앉아 있으면 그 열기에 타 죽는다. 얼마나 유약한 존재인가.

　그 속에는 아름다운 것일수록 멀리서만 봐야한다는 가르침이 있었다. 암컷 반딧불이는 가만히 불을 밝혀 앉아있고, 수컷 반딧불이는 반짝 반짝 불을 껐다 켜면서 날아다니는데 그 모습이 인간의 모습과도 다르지 않았다.

임산부를 모시는 자동차

무언가를 재밌어한다는 말은 그 일을 잘 한다는 말과는 다르다. 나는 운전을 참 좋아한다. 그래서 택시운전사를 꿈꾸기도 했고, 대리운전사를 해볼까 생각도 했다. 그런데 내 차를 탄 사람들은 대부분 무섭다고 표현한다. 부우웅- 끼익! 부우웅- 끼익!

나는 운전이 재밌다. 부산에서는 운전을 정말 난폭하게 했다. 난폭하게 배웠다고 할까. 아니면 난폭한 그들 틈에서 그렇게 해야만 살아남을 수 있었던 것일까. 아니다. 어쩌면 그들에게 지고 싶지 않아, 이겨 버리고 싶었던 것일 수도 있다.

그런데 제주에 와서 두 달을 지내보니, 내 운전 실력은 형편없던 것임을 알았다. 양보도, 배려도 없는 운전. 꼭 이겨먹어야만 성미가 풀리는 운전. 느리게- 느리게- 느려도 괜찮으니까 안전하게 하는 운전. 그것이 바로 실력자의 운전이었다.

누군가가 들려준 비유가 생각난다. "운전을 잘 하려면 뒷자석에 9개월 된 임산부를 태웠다고 생각하고 운전하면 돼."

책방지기 1일

멀리 일이 있어 잠시 자리를 비우신 사장님 대신, 이틀 간 책방을 보게 되었다. 책방을 보면서 손님들보다 내가 책을 더 많이 구매했다. 매출을 높여서 나를 책방에 고용하시게끔 할 전략이었지만, 내가 가진 돈이 적으니 그것도 무리수였다.

첫 손님은 까만 우산을 쓰고 오신 젊은 남성분이었다. 동생이 광주에서 작은 책방을 한다고 하시며, 책을 이모저모 꼼꼼히 살펴보셨다. 책방 문을 열자마자 오셔서 4시간을 넘도록 책을 읽고, 사색을 하시다 돌아가셨다. 여행 중에 책방에 들러 하루의 반나절을 보낼 수 있는 여유를 부릴 줄 아는 그런 사람. 그런 여행을 떠날 줄 아는 것도 경험에서 우러나오는 힘이리라.

책방지기 2일

책방을 보는 이틀 간 나는 내 존재를 손님들께 밝히지 않았다. 물론 물어보시는 분도 없었고, 내가 나서서 "지금 여러분이 둘러보시다 손에 들었다 놓았다 하시는 그 〈순간의 나와 영원의 당신〉, 제가 바로 그 책을 쓴 손현녕입니다!"라고 할 깜냥도 되지 않았다.

오후 쯤 되어 〈순간의 나와 영원의 당신〉의 독립출판 버전을 찾는 손님이 계셨다. 그래서 모른 척, 단행본으로 나온 개정판을 소개해 드렸다. 하지만 그 손님께서는 새 책을 구매하지 않으셨다. 그리고는 독립출판 버전의 책을 혹시 어디서 구할 수 있는지 아냐며 물어오셨다.

이야기를 나누다보니 이미 개정판 책을 구매해서 읽으셨고, 옛날 책까지 소장하고 싶으시다는 것이었다. 아- 그 말씀에 밀려오는 감동을 주체할 수 없어서 나는 그저 무장 해제가 되어버렸다. 그리고 조심스레 인사를 건네며 내 소개를 하고 가방을 아주 쩍- 열어 재꼈다.

나는 여행을 떠날 때, 아껴두었던 독립출판 버전의 책을 몇 권 챙겨서 떠난다. 마지막으로 한 권 남아 있던 책을 꺼내 선물로 드렸다. 내가 사는 도시도 아닌 여행을 온 이곳에서, 단 이틀 사장님이 자리를 비우신 사이에 그 자리를 내가 맡게 되었고, 이 손님께서도 유독 이 날에 이 책방을 찾았다는

69

것. 이렇게 만나기 쉽지 않은 특별한 인연이라 여겨졌기 때문이다. 이 모든 것이 의미를 두기 나름이지만 인연이기에 드릴 수 있는 최선의 선물이었다.

훈수

"늘 훈수는 어렵지 않거든요, 자기 것이 가장 어렵죠."

어느 대화에서 내 가슴에 살며시 앉은 말이다. 그렇다. 남에게 두는 훈수는 어렵지 않다. 내 눈에 보이는 남의 티끌을 고작 입 주변의 근육을 이용해 몇 마디 하면 되니까. 그런데, 자기의 일은 머리에서부터, 마음에서부터 차올라 행동으로까지 옮겨져야 하니 쉽지가 않은 것이다. 남에게 훈수를 두기보다 내 마음부터 갈고 닦아야 한다. 남의 티끌이 나에겐 없는지 먼저 확인부터 해야 한다.

장소 인연

우리는 각자의 결을 가지고 있다. 그 중에서도 비슷한 결을 가진 사람들이 서로를 알아보고 관계를 이어간다. "도서관에서 만났는가, 클럽에서 만났는가. 같은 사람이어도 만난 장소에 따라 다르게 의미를 차지한다."라는 이야기를 들었다. 이 이야기가 유독 여행 중에 크게 와 닿았다.

나는 두 동네를 오고가며 어울리고 생활했다. 그런데 어느 한 동네에서 만난 사람들과 더 편안한 눈 맞춤을 하고, 지속적인 인연을 이어갈 수 있었다. 다른 동네에서 만난 사람들을 폄하하거나 비난하는 것이 아니라, 성향의 차이를 말하고 싶은 것이다.

동네마다 가진 특성이 있는데, 그 특성을 사랑하는 사람들이 그 동네에 모였으니. 그들끼리는 잘 맞을 확률이 이미 그 장소를 선택했을 때부터 높아지는 것이다. 그런 일들이 장소를 옮길 때마다 일어나니, 장소가 가진 의미와 느낌을 지울 수가 없다.

말버릇

비가 오는 제주는 더없이 좋다. 돌아가는 풍력발전기 아래 달리는 자동차는 바람에 좇기듯 그렇게 날아가 버린다. 제주에서 만난 9살 꼬마 아이가 있다. 꼬마를 차에 태워 데이트를 하러 다녔다.

그 날은 교차로에서 브레이크 제동 없이 속도를 내는 차와 작은 사고가 날 뻔 했는데, 그 때 내가 너무 놀란 탓에 "아이씨"라고 해버렸다. 옆에 9살 꼬마 아이를 앉혀놓고 말이다. 동시에 나는 아이의 상태를 살피고 괜찮은지, 많이 놀라진 않았는지 물어보았다. 그리고 아이에게 바로 사과를 했다. "이모가 나쁘게 이야기해서 미안해."

그런데 이 9살 꼬마아이는 이야기 했다. "아니에요. 이모. 그럴 수 있죠. 사람은 누구나 다 놀라면 그럴 수 있는 거예요."라며 "저희 엄마도 운전 중에 놀라시면 그렇게 이야기 한 적 있어요. 그리고 저도 놀라면 가끔 그래요."작고 어리다고만 생각했는데, 어떻게 이렇게 깊은 마음을 가질 수 있을까. 9살이 어떻게 내 놀란 마음을 다스려 줄 수 있었을까. 역시 세상에는 작은 개미 한 마리, 풀 한 포기에도 배울 것이 있다는 말이 떠올랐다.

개 두 마리

　작은 시골 마을에서는 늦은 밤이 되면 달빛만이 나를 인도하는 가로등이 된다. 깜깜한 어둠 속에서 운전을 하며 얼른 집으로 돌아가는 길이었다. 그런데 도로 위에 큰 물체 두 개가 나란히 놓여있는 것을 발견했다. 그것이 커다란 개 두 마리였다는 것은 속도를 점차 줄인 뒤 일이다.

　두 마리의 개 중, 차가 가까이 가자 한 마리만이 움직여서 차 근처로 오는 듯 했다. 그러나 나머지 한 마리는 꿈쩍하지 못하고 마치 사체처럼 누워 있었다. 움직여 오던 강아지는 누워 있는 친구 곁을 떠나지 못했다. 나는 한참 차를 그 자리에 멈추고 고민했다. '차에 치여 죽은 걸까? 그냥 누워 자는 걸까?', '차에 치여 죽은 거라면 내가 지금 뭘 어떻게 해야 할까?'

　그렇게 고민을 하면서도 내 오른쪽 발은 가속 페달을 살포시 눌러 밟았지만, 내 시선은 왼쪽 사이드 미러를 떠날 수 없었다. 움직이던 개는 내 차를 따라오다 다시 친구 곁으로 돌아갔고, 어둠 속에서 흐려지던 사이드 미러에서 친구 강아지는 여전히 미동 없이 누워 있었다.

언어폭력

'가족이니까, 사랑하니까, 널 생각하니까 그런 거야.'라고 덧붙이며 우리는 자주 언어폭력을 당한다. '살 좀 빼라. 그게 뭐냐.', '커서 뭐가 되려고 그러냐. 너만 보면 속이 터진다.', '그렇게 해서 이번 시험에는 붙겠냐. 다른 집 애는 이번에 붙었다더라.', '정 안되면 시집이나 가라.'등의 쏟아져 내리는 말들. 남에게는 절대 할 수 없는 이야기. 가족이기에 당신을 끔찍이 생각하는 마음에 해주는 이야기. 그게 바로 가장 가까운 사람이 행하는 언어폭력이다.

사랑해서 해주는 말이라면, 사랑을 담아서 해주면 어떨까? 잘 되기를 바라는 마음에 하는 말이라면, 잘 할 수 있도록 힘이 나는 이야기를 해주면 어떨까? 가까운 사람에게 받은 상처일수록 치유하는 데에 두 배의 시간이 든다는 것을 기억하자.

과거의 편애

시간은 우리가 모르는 사이에 사람과 장소를 바꾸어 놓는다. 2000년 초반에 모슬포 항구를 찾았던 그들이 2017년이 되어 모슬포를 다시 찾았다. 17년의 시간동안 많은 것이 변해서 아쉬움을 뒤로 하고 떠났을 그들을 생각하면, 소중하고 변하지 말았으면 하는 장소는 다시 찾지 않는 것이 좋겠다고 생각했다.

사람 역시 그럴까? 좋은 기억으로 남은 상대를 긴 시간이 흐르고 굳이 만나서 옛 기억까지 회색 칠하는 것보다, 찬란했던 과거의 색을 그대로 두는 것이 더 좋을까. 시간의 다른 말은 변화이자 흐름일 테니. 흘러감의 갈래 속에서 긍정과 부정의 길을 선택하는 일은 온전히 나의 몫이다.

지속 가능한 행복

　요즘 내가 행복하다 느낄수록 부모님의 걱정은 더욱 커지시 나보다. 아이러니한 일이다. 나는 순간의 행복을 이야기 했고, 부모님은 지속 가능한 행복이어야 한다고 했다. 미래에서 기다리고 있을 잡히지 않는 행복에 '지금 이 순간'을 저당 잡히고 싶지 않은 내 마음이 마냥 철없어 보일지 모른다. 그럼에도 나를 걱정하는 부모님께 활짝 웃어 보이며 요즘 나는 건강하고 행복하다고 이야기 한다.

편애하는 사람

　내가 좋아하는 사람들이 서로를 알고, 서로에게 좋은 영향을 줄 수 있다는 것에 기쁘고 감사하다. 시간이 흐를수록 나 자신을 애써 꾸며야 하거나, 겉만 빙빙 도는 대화의 자리는 피하게 된다. 서로가 마주함으로써 위안이 되고, 편안함을 줄 수 있는 '몇 안 되는' 나의 사랑하는 사람들을 챙기기에도 빠듯한 삶이다. 그런데 그들이 '나'를 매개로 서로 만나 가까워진다면 그 얼마나 행복한 일인가.

결핍

　당신의 결핍이 무엇인지, 어떤 아픔을 겪었는지는 사실 묻고 싶지 않아요. 무슨 소용이겠어요. 아무 말 없이 들어줄게요. 그 결핍을 내가 다 채워주지 못한다 해도 곁에 있어줄게요. 저는 그저 지금 당신이 좋아요. 나를 만나기 이전의 당신에 대해서 원망하거나 부정하지 않을 게요. 나를 만난 이후에 당신이 중요하니까요. 나와 당신의 지난 아픔과 결핍이 우리 관계를 망치지 않게끔 서로 노력해요. 서로에게 난 작은 구멍쯤은 포근히 안아서 덮어주기로 해요.

선물

상대방이 내민 천 원짜리 삼각 김밥 하나에도 나는 그 사람을 집으로 초대해 진수성찬을 대접해야 했다. 결국 남겨진 것은 수북하게 쌓인 설거지 그릇과 음식물쓰레기인 것을 알면서도 말이다.

선물을 잘 하고 많은 것을 퍼주기로 소문이 날 정도니 말은 다 한 셈이다. 받는 것에 비해 너무 많이 내어 주는 것이 온전히 나에게 오는 행복은 아니라고 이야기 한다. 사람이라면 주는 것과 동시에 내 마음에 대한 상대의 반응을 원하게 된다.

어쩌면 당연한 이치다. 큰 선물이나 계산적인 보답이 아니라 "고맙습니다."라든지, "덕분에 행복합니다."라는 한 마디라면, 주는 이도 받는 이도 모두 좋을 텐데 하고 생각하는 밤이다.

낭중지추

5년 만에 만난 옛 친구는 지난 날 내게 보여주었던 그 열정을 여전히 가지고 있었다. 주머니 속에 송곳을 가지고 언제나 앞으로 나아가려 애쓰던 멋진 그녀. 이제는 스스로가 송곳이 되어 여기저기서 활약하는 모습을 보니 나의 일처럼 기뻤다.

몇 년 째 변하지 않는 그녀의 인생 모토. '낭중지추' 우리는 우연하게 만나 우연히 서로를 잊고 지냈고 또 다시 우연히 만났다. 그렇게 우리의 지난 시간을 장면, 장면 되짚었다. 자그마치 8년이 넘는 시간.

우리는 많이도 변했고, 무서우리만치 그대로였다. 그 지나간 시간을 다시 되새겨보며 분명 헛되이 흐른 시간은 아니었음을 위안하며 서로의 양 어깨를 다독였다.

함께 사는 것

양말을 개어 접을 때, 두 짝이 흩어지지 않게 잘 접는 방법은 언제쯤 익혔을까. 설거지를 하고 나서 여기저기 튄 물을 잘 닦아 마무리해야 한다는 것은 또 언제쯤 들었던 말일까. 당연하게 여겼던 것이 당연하지 않다고 느껴질 때, 살아온 환경에 대해 생각한다.

같은 집에서 함께 30년을 살아온 것이 아니라면 정말 사소한 것부터 다름을 느낀다. 설거지는 밥 먹고 바로 하는지, 좀 두었다 하는지. 빨래는 어떻게, 얼마나 자주 돌리는지. 화장실 바닥은 늘 건식이어야 하는지, 수건은 어떻게 접어서 어디에 보관하는지. 반팔 티셔츠 하나 개키는 방식까지 다 다를 것이다.

결혼을 떠나서 누구와 같이 산다는 것은 그런 것이다. 나를 이루는 과거의 모든 세계와 당신을 이루는 모든 세계가 만나 거대한 충돌을 만드는 셈이다. 그럼에도 맞추어 살아간다는 것은 상대를 향한 사랑과 이해를 넘어서서 본인 스스로의 부족함을 먼저 아는 자기반성이 있기 때문 아닐까.

사랑은 의리

 사랑이 무엇이냐는 질문에 '의리'라고 대답한다. 친구 사이
의 의리보다 더 견고하고 굳건한 믿음이 있어야 하는 것이다.
연인 사이에 권태기는 누구에게나 찾아올 수 있다. 나 역시
그랬다. 그 사람이 그 날 입은 옷이 그냥 싫었고, 그 사람이
나를 쳐다보는 눈빛마저 괜히 심술이 나서 싫었다.
 지금의 나라면 이렇게 이야기했을 것이다. "요즘 나 권태
기를 겪는 것 같아. 우리 같이 좀 색다르게 노력해보면 안 될
까?" 그렇게 상대에게 내가 겪는 변화를 솔직하게 이야기하
는 것도 의리이고, 만약 극복하지 못하더라도 끝까지 관계를
잘 마무리 하는 것도 둘 사이의 의리다.
 4년을 사귀면서 다른 사람과 눈이 맞아 마치 버스 환승하
듯 가버린 그녀의 태도를, 그것을 옹호하는 주변이의 반응을
나는 경멸한다. '네가 무슨 상관이냐' 하겠지만, '둘 사이의
문제는 둘만 아는 것이다.'라고 하겠지만. 적어도 4년의 의리
라면 갈아 치우는 듯한 행동이 부끄럽다는 것쯤은 알아야 하
지 않을까. 널, 너의 새 연인을. 그리고 상처받은 나의 친구를
보며 나의 일처럼 마음이 미어진다.

공허

공허함은 공허함만이 채울 수 있다. 고독은 외로움과 다르다. 고독은 인간의 숙명과도 같은 것이다. 가끔은 행복의 감정이 순간의 착각이 아닐까 한다. 환상 속 꿈이 지나고 나면 여지없이 인간은 본래 고독하다는 사실에 직면한다.

우리는 누구나, 모두가 혼자다. 그러나 고독에 익숙한 사람이 존재할까. 혼자가 좋아서 혼자 영화를 본다. 혼자가 좋아 긴 시간 홀로 여행을 떠난다. 분명 혼자가 좋았는데, 혼자이고 싶지 않아 발버둥치는 나를 만난다. 그리고 무리에 속하고, 관계를 맺으면 또 다시 혼자를, 고독을 그리워한다.

그래, 누구나 외롭고 외로운 게 삶이라는 것. 그래서 우리는 서로를 사랑하지만 그 속에 공허와 고독을 필연적으로 받아들여야 하는 것. 이렇게 흐리고 잔잔한 호수 위 안개가 낀 날에는 꼭 고독과 마주 앉아 이야기를 나누어야 한다.

뚝심

우리는 '오늘 어떻게 살아야 할까?', '무엇을 목표로 두고 살면 좋을까?'에 대한 이야기를 나누었다. 아닌 듯 보여도 한국 사회도 서서히 변하고 있고, 사람들의 의식 역시 변하고 있다며 말이다.

〈공부만이 살길이다.〉라는 슬로건을 달고 '적성이 무엇인지, 내가 좋아하는 것과 잘하는 것이 무엇인지.'는 철저히 무시당한 채 대학을 입학하는 것만이 종점이었던 우리.

그 치열함의 결과를 지금 우리 세대가 이렇게 아프게 입증하고 있으니. 정반합. 역시 겪어본 후에야 실패한 것은 다른 방향을 찾는다. '공부'만이 답이 아니라 미술, 요리, 기술, 게임, 노래도 답이 될 수 있다는 것을. '공부'도 하나의 방향일 뿐이라는 것을 서서히 우리 모두 인식한다.

그런 부모가 되기 위해서 또는 그런 나 자신이 되기 위해서 필요한 것은 내가 정한 방향, 인생에 대한 모토가 그 어떤 것에도 흔들리지 않게 밀고나가는 뚝심이다. 이리저리 휩쓸리다보면 어중이떠중이. 아무 것도 아닌 무채색이 되어버린다. 그러니 내가 행복하기 위해 정한 '모토'만큼은 꼭 지키자.

엄마의 선물

20살이 되었을 때, 엄마는 나를 불러 가만히 앉혔다. 그동안 숨겨왔던 출생의 비밀이라든가, 사실은 우리 집안이 어느 재벌가의 집안이라든가 하는 이야기를 들어야만 할 분위기였다. 텅 빈 방안, 고요한 침묵 속에 엄마는 말 없이 오래되고 낡은 상자를 무겁게 내어 놓으셨다. 때가 낀 노란 테이프가 접착력을 상실한 채로 너덜거렸다.

상자에 손이 닿아 내용물을 확인할 때쯤, 엄마는 이야기했다. "엄마가 20살 때부터 혹시 나중에 딸 낳으면 주려고, 재밌게 읽었던 책들 모았어. 이제 네가 20살이 되었으니까. 그리고 내 딸이니까 너한테 주는 거야." 실로 그랬다. 누런 책들을 펼치면 책벌레가 기어 다녔고, 단연 20대에 좋아했을 연애 소설, 가슴 저미는 시집들, 그 시대에 유행했을 도서들이 가득했다.

그래서 나 역시 상자를 꾸리는 중이다. 미래의 내 딸이 '아 우리 엄마가 젊었을 때는 이런 책을 읽었구나.', '그 시대에는 그랬었구나.' 라고 엄마가 된 나의 20대를 이해할 수 있도록 말이다.

러브레터

할머니 팔순 잔치를 했다. 팔순이신만큼 가깝고, 먼 외국, 타지에서 친척들이 모였다. 식사를 하고 선물을 개봉했다. 그 중 가장 멋있던 순간은 할아버지께서 할머니께 쓰신 러브레터를 읽는 시간이었다.

'사랑하는 황 여사에게'로 시작하여 '고생했소. 사랑하오.'로 끝나는 편지었다. 편지 낭독 중간 중간마다 할머니께서 넣는 추임새가 참 재미있었다. "사랑하는 황 여사에게"라고 시작하자 할머니께서 "염병하네."라며 받아치셔서 큰 웃음을 주시기도 했다. 편지 아래에는 말로만 듣던 '백지수표'가 있었다. 언제, 얼마든지 원하는 액수를 적어 할아버지에게 청구하라는. 최고의 팔순 선물이었다.

나는 가족을 꾸릴 자신도, 계획도 없었다. 그런데 오늘의 그 북적임과 즐거운 시간 속에서 '아, 나도 나의 가정을 꾸릴 수 있을까.' 하고 생각이 들었다. 저녁 내내 할머니를 안고 할머니의 느린 심장에 귀를 대고 있었다. 마음의 고요를 찾을 수 있었다.

티 없이 맑은 아이들

세상에 나쁜 사람은 있어도, 이 세상에 나쁜 아이는 없다. 아이들을 처음 만날 때면 서로가 데면데면하다. 아이들은 귀신같이 알아본다. 이 사람이 자기를 진심으로 사랑하는지, 아닌지를.

나의 학창 시절에는 학교에서 그런 교사를 만나지 못했다. 그래서 아이들에게 더 진심으로 사랑을 표하고 싶다. 하나라도 예쁘고, 잘하는 것을 찾아 칭찬하고, 안아주고, 이야기를 들어주려 노력한다. 그리고 최선을 다해 수업을 준비한다.

이런 나는 기간제 교사다. 계약 기간이 만료되면 아이들을 두고 떠나야 하는 철새 교사. 노력이 부족한 탓인지 '정교사'가 되지 못했지만. 아이들을 사랑하는 마음으로는 줄지어 평가 당하고 싶지 않은 마음이다.

느닷없이 아이들에게 '옷깃인연'을 이야기하며 한 아이, 아이마다 옷깃을 맞대며 포옹을 했다. 몇 남자아이는 쑥스러워 했는데, 호린이라는 녀석. 나를 안더니 "선생님, 사랑해요."라고 했다. 눈물을 보이지 않으려 참 많이 애쓴 하루다.

내 동생

이 세상에는 보이지 않는 멍으로 힘들어 하는 사람이 얼마나 많을까. 겉은 너무도 멀쩡한데 마음에 든 멍을 애써 웃으며 가리고 사는 사람이 얼마나 많을까. 그 허다한 마음들이 모두 내 것처럼 느껴지는 밤이 있다.

철없게만 보이던 동생이 내 손등 위로 자기 손을 포개어 얹더니 이야기 했다. "누나야, 제주도 좋아하잖아. 먼저 가 있을래? 내가 필요한 돈은 다 보내줄게. 그리고 누나야, 내 공부 마치면 나도 바로 따라 갈게."

고작 23살이라 생각했는데 아니, 내 동생이라 더욱 남보다 어리게만 봤었는데 그 큰마음에 하염없이 눈물을 쏟고 말았다. 자기 마음속에 든 멍은 아무렇지 않다고 하는 녀석의 쓴웃음이 더 애통했다.

서로 TV 리모컨을 차지하겠다고 소리 지르며 싸웠었는데, 아이스크림 남은 걸 다 먹었다고 그렇게 미워하며 한동안 말도 안 했었는데. 내가 모르는 사이에 녀석도 어른이 되었구나 생각했다.

좋은 누나, 본보기가 될 누나이지 못해 미안하다 말했고, 그에 동생은 "아니야, 괜찮아. 다 괜찮아."라며 내 차가운 등에 그 넓고 따스한 손을 대고 한참을 쓸어내렸다.

내게 하는 사과

　얼마나 가슴 속에 할퀴고 간 상처가 많으면 고스란히 아픔을 드러내고, 감정의 파도를 타는가. 이런 나를 직면하게 만들어주는 상황 속에 나는 어른이 된다. 우리는 종종 감정을 잘 드러내고, 감정에 솔직하면 그것을 무례하다고 표현한다. 과연 누구를 위해서 감정을 숨겨야 할까.
　나는 나에게 미안해야 한다. 마음 깊은 곳에서 자기를 좀 알아봐 달라며 올라오는 감정을 기꺼이 외면하는 나는 나에게 미안해야 한다. 슬프면 슬프다고, 기분이 나쁘면 상처를 줬으니 사과 하라고, 사랑한다면 세상에서 당신을 가장 좋아한다고 감정에 솔직해야한다. 우리는 내 마음 속 이야기에 귀를 기울이고 존중해야 한다.

여행 방식

여행을 하는 방식은 사람마다 다르다. 나는 여러 곳을 짧은 시간에 둘러보는 것에 적응을 잘 못한다. 그래서 주어진 시간에 딱 한 곳만 정해놓고, 줄곧 그곳에 녹아드는 여행을 한다. 걸어 다니며 그 동네 주택의 문 모양은 어떻게 생겼나, 문의 색깔은 어떤가, 흥미롭게 바라본다. 그러다 그 집을 지키는 강아지와 눈이 마주치면 한참 그 앞에서 서로 재롱을 피우다가 집 주인분이 나오시면 인사를 나눈다.

동네에 작은 카페에 자주 가서 책을 읽기도 하고, 한 달 살이 동안 동네 꼬마들이 다니는 피아노 학원을 등록해 피아노를 배우기도 한다. 내가 생각하는 여행은 잠시 머무는 것이 아니라, 그 장소에 적셔지고, 녹아들어 그 동네 주민이 되어 보는 것이다. 동네마다 가진 색이 다르고, 향이 다르고, 맛이 다르다. 인터넷 또는 여행서적이 알려주는 맛집이나 관광지 말고, 내가 만드는 나의 여행 지도를 만들어 보는 것도 또 하나의 여행 방법이다.

2. 편애하는 이야기

〈1부〉 최병호 인터뷰

　최병호 : 안녕하세요. 여러분, 지금까지 손현녕씨가 편애하는 것들에 대한 이야기. 잘 읽으셨나요? 이걸 쓴 작가는 마음이 한 쪽으로만 쏠려 있나봅니다. 어찌나 편애하는 것들이 많은지 말이에요. 아참, 여러분 제 소개가 늦었네요. 저는 최병호라고 합니다. 여러분 앞에 제가 선 이유는 저도 이 작가처럼 편애하는 것들을 좀 소개하고 싶어서 말이에요. 음, 저는 엄마와 매일 포옹하는 것을 즐겨 해요. 아차, 저는 아빠보다 엄마가 좋습니다. 같은 남자이지만 저는 우리 아버지가 참 별로란 말입니다. 아차차, 저는 또 제가 매일 쓰는 이 모자가 참 편합니다. 편해서 편애한다고 해야 할까요? 하하하

　어머니 : 병호야 !!　밥 먹어라!!!

　최병호 : 여러분, 잠시만요. 금방 다시 올게요!

　어머니 : 병호야, 뭘 그렇게 혼자 떠들고 있니? 얼른 들어와. 밥 먹어야지. 어머나, 이게 뭐야? 너 뭐하고 있니? 이 사람들은 다 누구야?

　최병호 : 엄마, 나 지금 내가 쓴 글, 읽을 독자분들 초대했어요. 엄마도 인사할래요? 여러분, 우리 엄마예요. 우리 엄마랑 이야기 나누실래요? 저는 부엌에 잠시..!

어머니 : 어머나 세상에. 우리 병호 독자분들이라고? 어머머, 안녕들 하세요. 다들 밥은 먹었어요? 우리 아들이 혼자 떠들고 앉아있더니 이렇게 사람들이 모여 있었네요. 편애가 어쩌고 하던데, 편애요? 저는 편애 같은 거 안 했어요. 병호랑 병준이랑 편애 같은 거 없었어요. 아이참, 저는 그저 우리 병호 건강하게 지내면 그걸로 됐어요. 저는 더 이상 바라는 것도 없고요. 우리 병호 안 아프고 잘 있다가 참한 아가씨 만나서 장가보내는 거, 그걸로 내 소원 다 푸는 거예요. 사실 그래요. 우리 병호, 나이가 서른셋이나 먹었어도 아직까지 출근할 때 저를 꼭 안아주고 가요. 저렇게 큰 놈이 글쎄 그런다니까요. 우리 병호 참 착하지요? 그런데 병호 이야기만 하면, 제가 눈물이 다 나요. 병호가 아직도 모자 없이는 밖에 못나가고 하는 거 보면, 제 속이 노랗게 멍이 들어요. 아휴, 지난 얘기해서 뭐하겠어요. 이제 그만 해요. 저는 병호 밥 먹는 거 보러 갈게요.

최병호 : 아이 미안합니다. 저희 어머니께서 조금 억척스러운 면이 있으시지요? 아무래도 저를 이만큼 키우시느라 고생을 많이 하셨거든요. 아까 어디까지 이야기했나요? 아, 모자 쓰는 걸 좋아한다는 이야기까지 했군요. 맞아요. 저는 모자가 참 좋아요. 모자 없이는 잘 밖에 나가지를 않게 돼요. 모자를 쓰면 더 호감형 미남이 되는 것 같아서 말이에요. 하하

농담이고요. 모자를 안 쓰고는 아직 밖을 나갈 용기가 나지

않네요. 사실 머리가 조금 많이 빠져 있거든요. 탈모냐고
요? 하하하하 탈모라, 탈모 증세를 겪긴 했습니다. 어릴
때, 음 그러니까 17살쯤에 머리카락이 후두두두 떨어 졌
었네요. 아 그때 말이에요. 다시 머리카락이 잘 났었는데,
그게 앞머리가 조금 듬성듬성 자라는게 이상해서 청테이
프를 머리에 붙여서 모근까지 다 떼어버린 거예요. 아, 그
러지 말았어야 했는데 말이에요. 그 이후로 여기 앞머리
쪽이 잘 자라지도 않고 그래서 보기 싫게 되었어요. 이래
봬도 그 당시에 주위 누나들한테 장동건 닮았단 소리도 들
었는데요. 하하하하하

　어머니 : 제가 옆에서 우리 병호 하는 이야기를 들어보니
까 장동건 소리에 비웃음이 들려서 거드는데요. 진짜예요 여
러분. 우리 병호가 얼마나 인물이 좋다구요. 말도 마세요. 동
네 사람들 다 한마디씩 하고 지나갔어요. 병원에 있을 때도
간호원들이 어찌나 잘생겼다고 하는지. 우리 병호도 병호고,
병준이도 참 인물 좋았어요.

　최병호 : 아 엄마, 그만해요. 우리 어머니, 부끄럽게 왜 그
러실까. 그리고 병준이 얘기는 우리 하지 말기로 했잖아요

엄마.

어머니 : 그래, 그만하자. 지나간 이야기해서 뭐하겠어. 그
래도 병호야.. 엄마는 하루도 네 동생 잊은 적이 없어. 아휴
우리 병준이..

최병호 : 여러분 놀라셨죠. 편애 이야기를 하다가 제 동생
이야기까지 이렇게 불쑥 나와 버렸네요. 그래요. 사실 제 동
생 최병준. 병준이는 나쁜놈이에요. 하지만 세상에서 제가
제일 편애하는 사람이랍니다. 그렇게 편애하는 제 동생인데,
지금은 제 옆에 없네요. 여러분, 저는 사실 병준이한테 빚이
많아요. 갚아야 할 빚이 죽을 때까지, 아무리 갚아도 다 갚아
지지 않을 정도예요. 그런데 그 빚도 저한테 못 돌려받고 가
버렸네요. 남긴 거 하나 없이 말이에요. 아, 아니네요. 남긴
거 있어요. 혈액형. 저한테 자기 혈액형을 남겨주고 갔어요.
무슨 말인지 이해하셨을까요? 저는 원래 B형이었는데요, 병
준이가 저한테 AB형을 주고 갔어요.

어머니 : 우리 병준이가 그렇게 갔어요. 우리 병준이랑 병
호 어릴 때 사진이 있는데, 한 번 보실래요? 오른 쪽이 우리
병호, 왼쪽이 병준이에요. 우리 아들들. 참 귀엽고 인물 나
죠?

최병호 : 저랑 병준이. 제 동생 이야기를 저도 손현녕씨처럼 한 번 써보았어요. 이건 소설이 아니라 모든 것이 사실인 논픽션입니다. 실화 또는 기록물이라고 할 수도 있겠네요. 여러분, 제가 너무 편애하는 우리 가족 이야기. 한 번 읽어봐 주시겠어요? 그리고 여러분들이 편애하시는 것들을 지금 이 순간, 떠나가기 전에 꼭 사랑한다고 많이 아껴주시기를 바라면서. 저는 어머니랑 앞으로도 행복하게 지내겠습니다. 여러분 건강하세요! 어? 엄마!! 아이고 우리 어머니 같이 가요.

어머니 : 빨리 와. 병호야. 내 새끼 오늘 엄마 고기 사주는 거지? 우리 아들~ 언제 이렇게 커서 엄마 고기도 사주고. 아이구 고마워. 정말 고마워. 여러분들도 오늘 집에 가시면 가족들이랑 고기 드세요. 그럼, 다음에 또 봬요.

〈2부〉 최병호 이야기

1.

햇볕이 강하게 내리쬐는 7월의 점심시간. 방금 막 입으로 들어간 음식물이 소화도 채 되기 전, 아이들은 쉼 없이 발끝으로 공을 굴린다. 체육복을 입은 아이, 교복 바지가 반질반질 윤이 나도록 입은 아이, 실내화를 신고 공을 차는 아이, 어제 산 축구화를 뽐내는 아이. 남자 중학교에서 운동을 좋아하는 아이라면 점심시간을 결단코 놓칠 수 없다는 기세로 모두 운동장을 점령한다.

점심시간과 이어지는 체육시간에 병호는 오늘 따라 더 신이 났는지도 모른다. 체육복을 입고 축구화까지 신어주니 '누구든 다 덤벼라.'하고 자신만만하다. 병호는 자기에게 튀어 다가오는 공을 가슴팍으로 받아 올렸다. 그리고 오른발 안쪽으로 재빠르게 친구에게 패스하고 다시 공을 받아 한 명을 제치고, 두 명을 제쳐 발재간을 보이며 골문까지 달려갔다.

병호는 다른 친구들의 부러운 시선을 한 몸에 받는다. 한 때는 축구가 너무 좋아 깜깜한 밤이 된지도 모르고 공을 굴리다 엄마가 저녁밥 먹으라고 부르시는 소리에 집으로 돌아간 적도 있었다.

하지만 예상과 다르게 병호의 꿈은 축구선수가 아니었다. 병호는 그저 좋은 아버지가 되는 것이 꿈이었다. 장래 희망을 쓰라는 칸에도 병호는 '멋진 아빠, 멋진 남편'을 써 냈다. 그것은 직업이 아니라는 학교 선생님의 말씀에도 '그러면 꿈이 없어요.'라고 단호하게 이야기를 하는 녀석 이었다.

어김없이 해가 뉘엿뉘엿 저물어가는 여름날의 저녁. 무 릎으로 공을 튀기다 이마 위로 올렸다, 발로 받아 다시 무 릎으로 공을 튀기기를 반복하며 집 앞까지 도착했다. '끼 이익-' 철제 대문을 열고 작은 시멘트 마당에 오른발을 들 여놓고, 차마 왼발을 들여놓지 못했다.

– 아이고, 병호아버지. 이러지 마세요. 제발. 제발 병호 아버지. 병호도 곧 오고, 병준이도 학원 마칠 시간인데. 네?

– 뭐라고 궁시렁대? 이년이. 어디를 네가 감히 이래라, 저래라야? 한 대 더 쳐맞아야 정신을 차려? 네가 내 발에 또 밟혀봐야 정신을 차리겠냐고. 눈두덩이 시퍼렇게 되니 까 어째 다른 집 여편네들이랑 서방 욕을 못 해서 갑갑하 냐? 그럼 더 맞아야지. 이 썩을 년.

병호는 아무 것도 모른 채 '엄마, 밥 줘요'라고 말하며 눈 치 없이 들어 가버린 오른 발을 천천히 빼고 뒷걸음질 쳤 다. 한 발, 두 발 뒷걸음질 치는 병호의 두 눈을 누군가 폭 가려 버렸다.

– 형아, 나 누구게?

– 병준아, 쉿! 조용히 해.

병호는 뒤돌아 시선을 아래로 향해 병준과 눈을 맞췄다. 어느새 달이 병호의 집 위에 걸렸는지, 달빛이 병준의 눈을 반짝 반짝 비추고 있었다. 병호는 병준을 바라보며 참을 수 없는 눈물을 꿀꺽 삼키며 생각했다. '달이 내 등 뒤에 있어서 참 다행이다.'

– 형아, 나 배고파. 집에 가서 엄마한테 계란말이 해달라고 하자. 응?

– 안 돼. 오늘 형이랑 축구하고 들어가자.

– 이렇게 깜깜한데 어떻게 축구를 해? 형아 나 배고프단 말이야.

– 병준아. 그럼 우리 저기 보이는 철봉까지 누가 먼저 찍고 오는지 내기하자. 병준이, 네가 이기면 집으로 바로 가는 거야. 알겠지?

– 응 형아. 시이이이작!

병호는 병준을 단숨에 이겨서 집에 들어가는 시간을 조금 더 늦추고 싶었다. 그와 동시에 일부러 병준에게 내기에 져서 빨리 집으로 들어가고 싶었다. '엄마, 괜찮을까?', '아까 엄마 목소리가 들렸을 때 집으로 들어갔으면 엄마가 무사했을까?', '나까지 아버지한테 두드려 맞았을 거야. 그런데 엄마는 어떡하지? 엄마, 엄마… 엄마!!!!'

병호가 뛰면서 다른 생각을 하는 사이에 병준은 저 멀리 철봉을 집고 돌아서서 달려오고 있었다. 병호는 그제서 야 전속력을 다해 철봉을 향해 달렸다. 철봉을 집고 돌아 서서 병준을 쫓아가는데, 엄마 생각을 너무 집요하게 했 던 탓인지 숨이 조금 가빴다. 결국 이번 내기에서는 병준 이 이겼다.

– 형아, 우와! 내가 이겼다. 형아가 봐준거 아니지? 이 제 집에 가자. 응? 빨리이.
– 그래. 가자. 가

다시 파란 철제 대문 앞에 도착한 병호는 오른 발만 내 밀어 넣었던 그 폭만큼 두근거리는 심장을 어쩌지 못하고 있었다. 그러던 사이 손에 든 보조가방을 휙– 휙– 돌리 던 병준이 먼저 집으로 들어갔다. 병호는 병준이 먼저 들 어가 혹시 보면 안 되는 것을 볼까 우려했다. 거의 동시에 형제는 문고리를 잡았고 함께 열었다.

– 엄마!!! 나 배고파요. 밥 줘요!!

아무 것도 모르는 병준은 그저 엄마를 보채기 바빴다. 병호는 문이 열리자마자 아빠를 찾았고, 다행히 아빠가 없는 걸 알아챘다. 엄마의 상태를 눈으로 구석구석 살폈다. 어딘가 모르게 절뚝이는 엄마의 다리. 그럼에도 병준을 꼭 안아주고 조금만 기다리라고 맛있는 계란말이 해주겠다고 국을 데우시는 엄마. 병호는 코가 시큰하게 아팠다.

– 병호야, 밥 먹자.
– ……
– 병호야, 국 식는다. 얼른 나와.
– 형아 빨리 와. 그래야 같이 먹지.

병호는 엄마를 마주볼 수 없어서 식탁에 가까이 갈 수 없었다. 배가 무지 고팠다. 그런데 엄마 얼굴을 보면 눈물이 흘러 밥을 뜰 수가 없을 것 같았다. 엄마 목소리가 귀에 들릴수록, 집 안에 보이지 않는 아빠가 더 싫어졌다. 아빠가 들어오면 엄마를 왜 때렸냐고 따져 묻겠다고 다짐했다.

– 병호야, 오늘 학교에서 무슨 일 있었어? 왜 밥도 안 먹고 그래.. 엄마 걱정 되잖아.
– 아니에요.
– 아무 것도 아니긴. 엄마한테 이야기 해봐. 엄마는 언제나 병호 편이잖아. 엄마가 다 들어줄게.
– 아무 것도 아니라고요.

병호는 '엄마 스스로도 잘 방어할 수 없으면서 어떻게 자기를 지켜주겠다는 것인지' 엄마를 이해할 수 없었다. 엄마의 말은 전부 거짓말이라 생각했다.

병호는 엄마가 꼭 옆집에서 키우는 몽실이 같았다. 몽실이는 얼마 전 새끼를 낳았다. 병호를 보면 구르고, 배를 뒤집어 보이던 몽실이가 새끼를 낳자마자 다가오는 병호를 보면 으르렁대며 엄청난 경계를 했다. 어떤 포유류든 자기 새끼에게 해코지하는 대상을 경계하고 공격한다. 자기 몸이 얼마나 작은 줄도 모르고, 새끼를 지키겠다는 마음 하나로 그렇게 작은 몸을 내던져 밟히고, 찢기고, 피범벅이 되어 눈을 감는다. 하지만 그 순간에도 어미는 행복하다. 새끼를 위해 죽을 수 있어서. 자기가 새끼를 지켰다고 생각하며 눈을 감으니 그걸로 된 것이다. 병호는 엄마를 보며 모성애 넘치는 옆집 몽실이를 생각했다.

2.

'위잉- 위잉-', '슈욱- 쌩-'

충북 제천의 작은 동네 문방구에서 미니카 대회가 열렸다. 플라스틱으로 된 레일을 연결해서 작은 자동차 모형을 레일 시작점부터 끝까지. 레일에서 떨어지지 않고 끝까지 빠르게 가는 사람이 우승하는 게임이다. 근처 초등학교에서 미니카를 가지고 있다는 아이들은 제각각 모여서 제법 큰 대회가 벌어졌다.

병호와 병준 역시 집에서 가장 튼튼한 미니카를 들고 문방구 앞에 줄을 서서 대회에 참가했다. 병호와 병준의 미니카는 예선에서 본선, 그리고 결승까지 승승장구하며 올라갔다.

- 형아! 우리 이제 쟤네만 이기면 1등이다. 우리 이기면 미니카 5개랑 레일도 공짜로 받을 수 있어. 형아, 우리 꼭 이기자!
- 응. 병준아, 형아가 잘 밀어 놓을테니까 걱정마!!! 우리가 이긴다!

병호와 병준의 미니카는 레일을 잘 타고 돌고 돌아 종점에 도착했고, 결승에서 상대팀은 너무 세게 미니카를 밀어 버린

나머지 레일을 벗어나 탈락했다. 그렇게 병호와 병준은 그토록 바라던 미니카 5종 세트를 상품으로 받아 들었다.

　－ 형아, 우리 아까 진짜 멋있었지.
　－ 응. 당연하지. 아무도 우리 못 이겨! 병준아, 우리 빨리 집에 가서 이거 조립하자 !!
　－　응 형아 !!

　해는 달에게 자리를 비켜주기 위해 붉고 어두운 이불을 하늘에 깔아주었고, 그 자리에 서서히 달이 찾아오고 있었다. 작은 액세서리 소품을 만들어 판매하는 어머니는 가게 문을 닫고 얼른 아이들 저녁을 차리러 가려했다. 가방을 챙겨 돌아서는 찰나,

　－ 병호 아빠, 집으로 안 가고 왜 여길 왔어요? 아휴 술 냄새. 또 술 마셨어요?
　－ 네가 뭔데 참견이야. 돈이나 내놔.
　－ 같이 집에 들어가요. 애들 올 시간이에요.
　－ 이년이 귀를 먹었나. 빨리 가지고 있는 거 있으면 몇 장 꺼내놔.
　－ 병호 아버지.. 왜 이래요, 네? 당신 이럴 때마다 나 너무 힘들어요. 술 좀 줄이고 우리 제발. 제발 들어가요. 병호랑 병준이가 아빠 기다려요.

– 이 미친년이..

그 자리에서 좁은 가게 선반에 올려 져 있는 머리방울, 머리핀, 머리띠, 귀걸이, 목걸이를 쓸어 바닥으로 내동댕이쳤다. 하나하나 어머니의 손으로 만들어진 작고 약한 것들. 하지만 병호와 병준을 먹여 키울 수 있는 강한 것들. 그것을 아버지는 무참히 짓밟고 무시했다. 그런 남편을 둔 어머니는 술에 취한 남편의 손찌검에도 두 아들을 생각하며 참고 또 참았다. '우리 병호, 병준이. 아빠 없는 아이 만들지 말아야지. 나 하나 참으면 되니까. 우리 아들 다 클 때까지만 내가 참아야지.' 하며 검은색으로 흩날린 날이 또 하루 쌓여갔다.

– 병호, 병준이. 아침 밥 먹어. 얼른
– 네, 형아 어서 일어나! 엄마, 요즘 형아가 자꾸 늦잠자서 나랑 같이 학교 못 가요.
– 병호야, 너까지 엄마 힘들게 할 거야? 빨리 일어나서 씻어. 그래야 밥도 먹고 학교가지.

아이들이 있는 집이라면 북적대는 이 아침소리가 언젠가는 그리워질 소리임을 다 큰 성인으로 자라야만 깨닫게 되는 걸까. 우리는 왜 모든 일상의 것들을 잃고 나서야 소중하다고 느끼는 걸까.

학교에 간 병호는 곧 있을 체육대회에서 축구 경기에 참가하기로 했다. 매일 점심시간과 하교시간에 모여 친구들과 연습을 하고, 경기를 뛰었다. 9월이지만 여전히 더위는 여름의 끝자락에서 떼를 부리는 듯 했다.

－야, 최병호! 패스!　패스!!! 야! 최병호! 뭐하냐!!! 야 !!

빨리 달려가 친구에게 패스를 해줘야 하는데, 병호는 이상했다. 자기 머릿속에서 그린 이미지대로 발이 움직이지 않았고 호흡이 따라와 주지 않았다. 그대로 상대편 친구에게 공을 뺏기고 병호는 그 자리에 주저앉았고, 숨이 가빠와 드러누울 수밖에 없었다.

경기가 모두 끝나고 병호는 집으로 돌아가면서 오늘 뭘 잘못 먹었는지 곰곰이 생각해보고, 평소보다 잠을 못 잤는지도 기억을 더듬어 보았다. 무엇보다 체육대회 당일 경기에서 이런 일이 발생할까봐 벌써부터 끔찍했다. 나름 반에서 가장 기대주이고, 선생님들 사이에서도 당연히 병호가 속한 반이 축구는 단연 1등을 할 거라 짐작하고 계셨기 때문이다. 그런데, 다음 날이 되어도 숨이 찼고, 어느 날보다 숙면을 취한 다음 날도 숨이 찼다. 밥을 많이 먹어도 보았고, 아예 속을 비워보기도 했다. 그럴 때마다 기분은 하루하루 갈수록 더 숨이 차오르는 것 같았다. 병호는 친구들과 선생님의 걱정에 대수

롭지 않게 반응했지만, 점점 그들의 기대치가 떨어지고 있다
는 것을 동시에 느꼈다.

　– 엄마, 나 요즘 축구 할 때 숨이 너무 차요.
　– 원래 달리면 숨이 차는 거잖아. 병호야.
　– 근데 엄마, 전이랑 달라요. 똑같이 뛰는데도 숨이 너무
많이 차서 그냥 누워버려요. 엄마 나 체육대회 때 꼭 경기 나
가고 싶어서 그래요. 병원 같이 가주면 안돼요?
　– 음, 그래. 병호야, 내일 학교 마치고 가보자.

　병호는 어머니와 병원에 가기로 약속을 한 것만으로도 이
미 다 나은 듯 했다. 병원에 가서 의사 선생님께 증상을 말씀
드리고, 청진기의 차가움을 가슴으로 참아내고, 간호사 누
나에게 부끄럽지만 엉덩이를 내어 주사 바늘까지 참아낸다
면, 지금까지 일은 그냥 지나갈 감기 같은 것일 뿐이라고 위
로 했다.

　다음 날, 학교에서 병호는 일부러 천천히 걸어 다니고 축
구에도 나가지 않았다. 웬만하면 어지럽지 않게 했다. 더 몸
의 상태를 나쁘게 만들어 가면 치료하는 시간이 길어지게 될
까봐 더 조심했다. 병호는 학교 근처 작은 내과 앞에서 어머
니를 만났다.

－ 병호야, 아이구. 땀 봐. 땀을 왜 이렇게 흘려. 괜찮아? 오늘은 숨 안찼어?

－ 응 엄마. 오늘은 한 번도 숨이 안찼어요. 빨리 우리 들어가 봐요. 빨리요.

－ 녀석도 참. 그래 가자.

의사 앞에 앉은 병호는 빨리 가슴이라도 청진기로 대어보고 괜찮다는 이야기가 듣고 싶었다. 의사는 가슴 앞, 뒤의 심박수를 들어보고는 간호사를 불러 병호가 알아들을 수 없는 이야기를 작게 말 했다. 그리고 잠시 뒤, 간호사는 병호를 주사실로 불렀고 피검사를 해야 한다고 했다. 빈혈일 수도 있으니 이것저것 검사를 하는 것이니까 겁먹을 필요가 없다고 했다. 그리고 검사 결과가 삼일 뒤에 나오니, 그때 다시 어머니와 함께 내원하라 들었다.

－ 엄마, 빈혈이 뭐예요? 그 머리 어지럽고, 잘 쓰러지는 거 맞죠? 그거 큰 병이에요?

－ 큰 병 아니야. 그냥 몸에 피가 돌아다니면서 산소를 여기저기 공급해줘야 하는데, 그 산소가 조금 부족한 거야. 약 잘 먹으면 나아.

－ 엄마!! 그러면 나 약 먹고 축구대회 나갈 수 있는 거예요?

－ 그래 병호야, 엄마가 신경 많이 못 써줘서 미안해. 오늘

은 엄마랑 고기 사서 들어가자. 우리 고기 구워 먹자.

병호는 병원을 다녀와 마음이 더 편해졌고, 병호의 어머니는 병원을 다녀와 마음이 더 불편했다. 병호는 축구를 계속 할 수 있어 기뻤지만, 어머니는 본인이 푼돈 버느라, 부족해서 고기 한 번 잘 못 먹여서 빈혈이라도 생긴 것이 아닐까 마음이 아렸다.

삼일 뒤, 병호와 어머니는 같은 시간, 같은 장소에서 만나 그 날의 내과를 찾았다.

- 병호, 진료실로 들어가세요.
- 네 !!

병호와 어머니는 의사의 말을 점쟁이처럼 미리 예상하고 있는 척하며 의기양양한 자세로 진료실을 향했다.

- 병호야, 몸에 빨간 반점 같은 거 난 적 있니?
- 아니요? 선생님. 빈혈에 걸리면 반점이 나요?
- 아니, 그럼 병호야 요즘 식욕은 어때? 밥은 맛있게 잘 먹니?
- 음, 그저 그래요. 조금 어지럽고 아침에 늦잠을 자서 아침밥을 못 먹어요!

– 그렇구나. 저기 병호 어머니. 이게 작은 동네 내과에서 볼 게 아닌 것 같아 조심스럽습니다. 아닐 확률도 크겠지만 다른 병이 의심되는데, 더 정확히 하기 위해서는 골수를 검사해봐야 할 것 같네요. 제가 소견서를 써드릴 테니 대학병원으로 가보시는 게 좋을 것 같습니다.

– 네? 선생님, 다른 병이라니요?

– 적혈구 수치도 지나치게 상승되어 있고, 백혈구나 혈소판도 이상 증세가 의심이 되긴 하는데 확실하지는 않습니다. 그러니 병원을 꼭 가보세요. 어머니.

소견서 봉투를 받아 들고 병원 밖을 나선 모자는 실로 어안이 벙벙했다. 마른하늘에 날벼락이 치는 광경을 본 것 같았고, 집으로 돌아가는 길을 까마득히 잊어버린 것처럼 앞이 깜깜했다. 그럼에도 불구하고 둘은 그 불안한 감정 속에서 같은 생각을 하고 있었다. '그래, 별 일 아닐 거야.'

– 엄마, 나 아침에 밥을 안 먹어서 그런가 봐요. 나 내일부터 일찍 일어나서 꼭 밥 먹고 학교 갈게요.

– 그래. 병호야. 그런데 우리 병호 겁 안나?

– 왜요?

– 의사 선생님이 큰 병원 가보라고 하잖아. 무서운 병이면 어떡하지? 엄마는 사실 조금 무서운데. 우리 병호가 많이 아픈 걸까봐.

– 엄마, 나 우리 반에서 제일 축구도 잘하고 힘도 세요. 괜찮아요. 진짜 나 아침밥 안 먹어서 그런가봐. 그리고 병준이랑 저녁에 미니카 돌리는 거 이제 그만하고 일찍 자야겠어요.

– 그래. 우리 병호가 씩씩해서 엄마 마음이 놓이네.

– 엄마, 그런데 아빠는 왜 자꾸 엄마 때려요? 엄마가 아빠한테 잘못한 거 있어요? 혹시 우리가 공부를 잘 못해서 그런 거예요..?

– 아니야, 그런 거 병호야. 아빠가 밖에서 일이 많이 힘드신가봐. 아이고, 병준이 학원에서 올 시간 지났다. 또 배고프다고 난리겠어. 어서 집에 가자.

집에 도착하니 어색한 듯 앉아 있는 두 사람이 있었다. 아버지는 언제나 그렇듯 술에 취해 있었고, 저 멀리 떨어진 구석에 무릎을 꿇고 있는 병준이의 모습이 병호가 눈에 들어왔다.

– 야, 최병준 일어나. 왜 무릎 꿇고 있어. 빨리 일어나. 방에 가서 형이랑 숙제하자.

– 이 새끼들이. 가만히 있어. 야 이 여편네야. 서방이 들어오기 전에 밥을 차려놓고 기다려야 될 거 아니야. 어딜 싸돌아다닌다고 이제야 기어 들어와? 네가 제정신이야? 오늘은 또 그까짓 구슬 나부랭이 끼워 쳐 팔아서 얼마 팔았냐? 오늘 번 돈 다 이리 꺼내. 빨리 안 꺼내?

– 아버지. 그만하세요.

  – 뭐? 이 새끼가 어디 어른이 말씀하시는데 끼어들어. 뭐라 그랬어? 그만해? 그래 너 잘 됐다. 뭐하는 새끼가 중학생이 돼서 축구한다고 지랄이냐. 공부는 제대로 하냐? 낳아주고 키워주니 뭐라? 그만하세요? 이 새끼가 너 요즘 안 맞은 지 좀 됐다 이거지. 그래 너 오늘 죽어보자.

  병호의 아버지는 손에 잡히는 때릴 물건을 찾았고, 마침 바닥에 놓여있는 옷걸이가 그의 손에 들렸다.

  – 형아. 형아. 형아 안돼요. 아버지 제발 그러지 마세요.

  – 병호 아빠. 그러지 마세요. 제가 다 잘못 했어요. 제가 병호 데리고 병원 다녀오느라 그랬어요. 잘못 했어요.

  병준과 어머니의 말림에도 아버지는 옷걸이로 병호의 몸을 내려치기 시작했다. 옷걸이가 병호의 몸에 닿을 때마다 옷걸이 앞머리 부분의 뾰족한 철사가 병호의 몸을 날카롭게 긁으며 붉은 피가 그 자리자리 마다 올라왔다. 그럼에도 병호는 주먹을 꼭 쥐고 참았다. 절대 울지 않으리라. 절대 눈 깜빡하지 않으리라. 아버지라 부르고 싶지 않은 당신보다 내가 더 강한 사람이라 보여주고 싶었다. 그러므로 내가 어머니와 동생을 지킬 수 있노라 몸소 증명하고 싶었는지도 모른다.

– 형, 많이 아팠지. 형 피났어.

– 괜찮아 인마. 너는 뭘 잘못했다고 아버지가 무릎 꿇으라고 꿇고 있냐?

– 안 그러면 때리잖아.. 엄마도 때리고...

– 야 최병준. 너 알고 있었어?

– 형, 내가 바본 줄 알아? 엄마 너무 불쌍해.

– 그래. 그러니까 우리가 엄마 지켜드리자. 얼른 커서 우리가 힘 세지면 엄마랑 같이 도망가자 우리.

– 응 형아. 근데 병원 갔다 왔어?

– 아, 응. 형 아침밥 안 먹어서 그렇대. 얼른 자자. 형 내일부터 아침밥 꼬박꼬박 먹어야 돼.

3.

　10월의 하늘은 높고도 푸르다. 천고마비(天高馬肥)의 계절, 말은 살이 찌는데 병호는 갈수록 말라갔다. 학교에서는 체육대회 준비에 한창이었고, 축구경기 역시 참가할 선수를 정하던 시기였다. 병호의 체력이 예전 같지 않자 자연스레 참가하지 않는 분위기로 자타 모두가 인정하고 있었다. 하루는 학교를 가지 않고, 어머니와 버스를 오랜 시간 타고 대학 병원을 찾았다.

　수많은 간호사와 의사들. 환자만큼 많은 보호자들. 병호는 아픈 사람들이 모여 있는 곳인데 눈물보다 웃음소리가 더 크게 들리는 이유를 생각했다. 어쩌면 이 아픔을 인정하고 나니, 딱히 울 일도 없고 그들에게 일상이란 약을 먹고 주사를 맞고 또 하루를 넘기는 것이니까. 그러니까 울음보다 웃음이 더 나은 것이지 않을까. 병호는 그렇게 생각했다. 하지만 병호는 곧바로 자신은 그럴 일이 없을 테니 잠깐 아프더라도 눈물이나 펑펑 쏟아내자 결심했다.

　병호는 병원에 도착하자마자 옆구리가 벌어져 있는 환자복을 갈아입고 여기저기 안내해주는 대로 따라다니며 검사를 받았다. 피를 뽑고 나니 의사가 불러 침대 위에 옆으로 누우라고 했다.

　- 학생, 지금부터 골수 검사를 할 거예요. 우리 몸에 피

를 만드는 곳을 조혈기관이라고 해요. 조혈기관에는 병호가 들어 본 골수도 있고, 비장이나 림프절이라는 것도 있어요. 우리 엎드려서 마취 조금만 할게요. 그리고 골수에서 골수액 뽑아서 학생이 그동안 왜 어지러웠는지, 왜 이렇게 호흡이 가빠지는 지 알아볼게요. 자. 진행합시다.

병호는 '골수', '비장', '림프절', '골수액' 등 온갖 어려운 단어에 겁을 먹긴 했지만 별일이 아닐 거라 생각했다. 누군가 그랬다. '골수 검사를 받는 일은 맹장 수술 100번 받는 것보다 더 고통스럽다고' 정말 그랬다. 병호는 마취를 했다고 들었지만, 뼈에 박는 검사침은 등허리에 누가 정을 대고 망치로 마구 때리는 것 같았다. 다른 간호사들이 병호의 온몸을 잡았다. 병호는 입을 벌리면 너무 큰 악소리가 입 밖으로 튀어나올 것 같아 이를 꽉 깨물어 참았다. 골수 검사가 끝난 뒤에도 3시간동안 모래주머니를 얹고 한참을 누워 있었는데, 그 시간동안 곁을 떠나지 않고 옆에 앉아있는 어머니를 보며 또 생각했다. '엄마를 꼭 행복하게 해드려야지.'

병호와 어머니는 병원을 빠져나왔다. 분명 병원에 도착했을 때, 새가 지저귀는 아침이었는데 검사를 받고 나오니 해가 저물어 있었다.

– 엄마, 병준이 학원에서 돌아왔겠어요. 배고프다고 난

리일텐데, 어떡해요? 아버지 또 병준이 괴롭히고 계신 건 아니겠죠?

   – 괜찮아, 오늘은 병준이랑 아버지 저녁밥까지 다 미리 차려놓고 왔어. 병호야, 엄마는 병호가 이렇게 씩씩하게 자라줘서 고마워. 그리고 동생 잘 챙겨줘서 엄마는 병호가 참 든든해.

   – 아 뭐야 엄마. 으 닭살. 그런 말 하지 마요. 뭐 당연한 거 가지고 그래요. 엄마 그리고 너무 걱정하지 마요. 나 안 아파요. 이거 봐요. 내 알통!

   병호는 소매를 걷어붙여 팔에 힘을 주며 어머니를 향해 미소를 지었다. 어둑한 바깥 풍경 속에 주황색 가로등이 한 자리에서 껐다 켜지는 것처럼 버스는 고요히 달렸다.

   – 엄마, 엄마, 형 괜찮대요? 뭐라고 해요? 형 그냥 약 먹으면 낫는대요?

   – 아이고, 병준아, 하나씩 하나씩 물어. 병준이 밥은 먹었어? 엄마가 병준이 좋아하는 문어 소세지 만들어 놓고 갔는데, 다 챙겨 먹었어?

   – 네! 형아 것도 몇 개 남겨 놨어요. 형은, 형은 괜찮대요?

   – 오늘은 검사만 해서 몰라. 밥 먹었으면 얼른 가서 숙제 해야지. 엄마는 형이랑 밥 먹어야겠어. 병호야 씻고 와. 엄마랑 밥 먹자. 배고프지?

- 네 엄마. 씻고 올게요. 야 최병준!! 너 형 없다고 내 미니 카 가져가서 놀았지! 일로와 인마!!

병호는 검사하며 받았던 고통을 동생에게도, 어머니에게 도 말하지 않았다. 세상에 태어나 처음 느껴보는, 그야말로 '뼈를 뚫는 고통'이었다. 중학교 2학년이 감당하기 어려웠을 고통. 하지만 옆에 뉘어진 한 살배기 아이도 감당하는 그 고 통. 15살의 나이지만, 12살 병준이에게 보이고 싶지 않은 고 통이었다.

초록 물결이 갈색으로 갈변하는 데까지 그리 오래 시간 이 걸리지 않았다. 병호의 활력과 생기가 꺼져가는 잿빛으로 바뀌기 까지도 긴 시간이 필요치 않았다. 오히려 힘세고 무 거웠던 활력이 그 무게만큼 더 빨리 아래로, 아래로 떨어지 는 듯 했다. 병호는 어지러움과 구토 증상 그리고 무기력증 과 흐르는 코피에 학교를 나가지 못하는 날이 잦아졌다. 처 음 대학 병원으로 갈 때와 확연히 다르게 병호에게는 모든 것이 빠르게 느껴졌다. 버스를 타도 그렇게 지루했던 시간 이 무기력하고 어지러우니 창가에 기대 흐릿해져가는 밖을 바라보다, 눈을 감았다 몇 번 반복하면 병원 앞에 도착해 있 었기 때문이다.

- 최병호, 3번 진료실로 들어오세요.
- 병호야, 너 차례다. 들어가자.
- 안녕하세요, 선생님. 저희 병호가 무슨 문제라도 있나

요?

– 네, 오셨어요? 어머님. 병호가 저번보다 더 힘이 없어 보이네요.

– 아니에요. 선생님, 저 괜찮아요? 저 빈혈이죠?

– 음, 빈혈은 아니고 병호야.. 음, 어머니. 이걸 급성 골수 암이라고 하는데요. 급성 백혈병이죠. 백혈구 수치가 비정상 적으로 너무 높았어요. 그래서 우리가 골수를 그때 뽑아서 검사를 했는데, 급성 백혈병으로 진단이 됐고요. 백혈구가 소위 적군으로 보이는 세포를 없애고 싸우는 친굽니다. 백혈 구 자기들끼리 적군으로 인식해서 자꾸만 비이상적인 백혈 구를 만들어 내는 겁니다. 우선 백혈구 수치를 낮추는 약을 먹을 거구요, 앞으로 항암치료를 진행할겁니다. 백혈구 수치 계속 보면서 치료 방향 잡아 볼 겁니다. 어머니. 경과 봐가면 서 약물로만 잡을 수도 있고, 안될 시에는 골수를 이식 받아 야 할 수도 있습니다.

– 아, 아니 선생님. 아니 선생님 골수암이라니요. 우리 병 호가 백혈병이라니요. 선생님 검사가 혹시 잘못 된 건 아닌 지요. 선생님.

– 어머니, 저희도 골수 검사가 얼마나 힘들고 환자 본인에 게 고통스러운 일인지 알기 때문에 더 철저히 분석합니다. 어 머니 지금 많이 복잡하시겠지만, 급성이기 때문에 빠르게 판 단하셔서 오늘 바로 입원을 하는 것이 좋습니다.

병호는 의사와 어머니의 대화에 끼어들 수가 없었다. 백혈병? 암? 의사에게서 들은 모든 이야기가 마치 남의 이야기인 듯 했다. 텔레비전에서나 나오는 이야기. 친구의 삼촌 정도의 이야기. 소설에서나 나오는 이야기쯤으로 여겼을 뿐이다. 병호는 실감이 안 났다. 근래 들어 조금 힘이 없고 어지러울 뿐이지, 병호는 그저 빈혈이라 굳게 믿었는데 말이다. 병호는 어머니를 바라보았다. 어머니는 눈물 한 방울조차 흘릴 여력도 없어보였다.

우리는 충격적인 사실을 접하면 가장 처음에는 현실을 부정한다. '아닐 거야. 에이 설마. 아니야.' 그리고 서서히 현실로 다가오면서 여러 가지 감정을 쏟아내며 그 일을 받아들인다. 슬픔, 분노, 억울함, 허무함, 미련, 외로움. 어쩌면 인간이 느낄 수 있는 그 모든 감정이 한꺼번에 파도처럼 밀려와 감정 하나하나를 구별해내지 못하는 것일 수도 있다. 충격적인 사건은 종종 매정하게도 우리에게 감정을 추스를 시간조차 주지 않을 때가 많다.

– 최병호 보호자님, 여기서 입원 수속하시구요. 환자분은 저 따라오세요. 환복 하셔야 해요.
– 병호야, 어서 간호사 누나 따라가. 엄마 입원 수속 하고 따라갈게. 괜찮아 어서 가.

그 장면만큼은 병호의 머릿속에 사진 한 장처럼 남겨져 있다. 간호사를 따라가라며 손짓하는 어머니의 얼굴. 괜찮다고 먼저 웃어 보이는 어머니의 슬픈 눈. 쓸쓸한 입꼬리가 병호의 뇌리에 사진처럼 지워지지 않았다.

　– 형아, 많이 아파? 형이 집에 없으니까 나 너무 심심해. 가끔 아버지 오시면 너무 무서워 형아.
　– 야 최병준 그런 걸로 쫄면 돼, 안 돼? 너 아버지한테 잘못한 거 있어? 없으면 당당해지면 돼. 너는 엄마 잘 보살펴야 돼 병준아. 형이 집에 없으니까 네가 엄마를 지켜야 돼.

　급성 골수암이라 그런지 병호의 치료 속도 역시 급속도로 이루어졌다. 가장 먼저 병호의 항암 치료가 시작 되었다. 병호의 어머니는 집과 병원을 오가며 병호를 간호했다. 작게나마 꾸렸던 가게는 병원비에 보태려 부동산에 내놓았고, 만들어 두었던 액세서리들도 모두 헐값에 팔아버렸다. 여기저기 돈이 나올 만한 곳은 모두 긁어 병원비를 마련했지만 암병동 입원비부터 항암 치료비까지 어머니 홀로 감당해낼 수가 없었다. 웬일인지 술에 취하지 않은 맨 정신으로 아버지는 귀가하셨다. 그런 아버지를 붙잡고 어머니는 어려운 이야기를 꺼냈다. 같이 낳은 자식인데 왜 이야기를 어렵게 꺼내야 하는지, 어렵게 이야기를 해야만 하는 이 집의 분위기는 어쩌다 이렇게 되었는지 어머니는 한스러웠다.

　– 병호 아빠, 우리 이야기 좀 해요..
　– 뭐.
　– 저기, 병호가 아프대..

- 뭐? 사내놈이 어디가 아파?

- 우리 병호가 백혈병에 걸렸대요.. 병호아버지 우리 병호가 어떡하면 좋아요... 암이래요 암. 골수암이래.

- 이 여편네 지금 뭐랬어? 암? 허 참나. 네가 그동안 애를 뭘 어떻게 해 먹였길래, 그런 게 걸려? 그래서 나한테 지금 뭐 어쩌자는 거야. 병원비 달라는 거야?

- 병호 아버지.. 내 가게도 내놨어요. 나 우리 엄마가 물려 준 딱 하나 금반지 그것도 팔았어요. 병호 아버지. 돈 좀 어디서 구할 데 없을까요. 병호 아버지.. 그동안 모아둔 돈이라도....

- 장난쳐 이게 지금? 네가 애만 똑바로 키웠으면 그딴 병에 안 걸렸을 거 아니야. 다 네 잘못이네. 네가 다 책임져. 나는 몰라. 알아서 해. 이놈에 집구석 제대로 돌아가는 게 하나도 없어 어디. 이젠 자식 놈 새끼까지 아프다고 난리야?

병호 어머니는 하염없이 울었다. 울고 또 울었다. 모든 것이 다 자기의 잘못이라는 생각에 눈물이 마르지 않았다. 병원에서 병호의 백혈병 진단을 들었을 때부터 가게를 내놓아야 할 지경까지. 단 한 번도 눈물을 흘리지 않고 참았던 그녀였다. 한 번 눈물을 흘리면 참을 수 없이 흐를 것 같아 냉정하고 굳은 마음으로 이겨낼 수 있으리라 생각했다. 그랬던 그녀가 혼자 땅을 치며 서러이 울었다. 엉엉 소리 내 울었지만 누구하나 그녀의 작은 어깨를 다독여주는 사람 없었다.

삶은 누구에게나 고난의 길이다. 그럼에도 가끔씩 불어

오는 시원한 바람에 웃고, 가끔씩 사랑하는 이의 따뜻한 말한 마디에 견딜 수 있다. 하지만 병호 어머니에게 닥친 일은 도저히 헤쳐 나갈 수 없을 것만 같았다. 가장 현실적인 문제는 금전적인 것이었다. '쥐어 짜낸다.'라는 표현은 이럴 때 쓰는 것일까. 탈탈 털어 보아도 병호의 백혈병 치료에는 턱없이 부족했다. 어머니가 친척과 알고 지내던 사람들에게 도움을 요청하고 다니는 동안 계절은 자꾸만 변했고, 더불어 병준은 중학교에 입학했다. 그러나 계절의 변화가 무색한 듯 어머니의 주머니 사정만은 여전히 겨울처럼 공허했다.

4.

　병호는 중학교 2학년 2학기부터 골수암이라는 백혈병과 싸움을 시작했다. 싸움에서 가장 중요한 것은 병호의 면역력이었다. 항암 치료를 잘 받고 이겨내기 위해서는 무엇보다 잘 먹어야 했다. 그런데 항암제를 먹고 항암 주사를 맞는 동안 내내 구토를 하고 머리카락이 마구 빠졌다. 그럼에도 병호는 꿋꿋하게 바리캉으로 머리를 밀며 엄마와 병준이를 향해 웃어보였고, 이왕이면 더 멋져 보이고 싶어 청테이프를 남은 머리카락에 붙였다 세게 떼어냈다.

　가끔 혈압이나 체온을 재러 오는 간호사들이 병호를 보고 잘생겼다거나 배우 '장동건'을 닮았다고 할 때면 그 날은 그렇게 밥이 맛있게 입으로 잘 들어갔다. 병호와 병준은 어릴 적부터 동네에서 소문이 날 정도로 잘생긴 형제였다. 이목구비가 뚜렷하고 서글서글한 눈매까지. 비록 미운 아버지이지만, 비록 안쓰러운 어머니이지만 그들을 쏙 빼닮아 어디에서든 수려한 외모로 눈길을 끌었던 아이들이다. 게다가 형제끼리 우애도 좋으니 동네 어른 모두들 칭찬을 마다하지 않았다.

　그런 병호가 2차 성징이 일어날 쯤 간호사들에게 외모 칭찬을 들으니 얼마나 부끄럽고 설렜을까. 사람을 기분 좋게 하는 말 한 마디가 면역력을 상승하게 하는 따뜻한 치료제가 되기도 한다는 것을 병호는 몸소 경험한 것이다.

　– 아이. 엄마. 나 혼자 할 수 있어요. 이리 줘요. 내 가방

은 내가 맬게요.

　- 병호야, 무리하지마. 엄마가 할게.

　- 아 엄마 저 괜찮아요!!

　병원에서 1차 항암 치료를 끝내고 퇴원 수속을 받아 집으로 왔다. 병호는 집에 와서도 여전히 항암제를 복용하고 항암 주사를 맞아야 했는데, 주사는 어머니가 병호의 팔에 직접 놓아주었다.

　- 병호야, 그 때 기억나? 처음 대학병원에 검사 받으러 갔다 나온 날, 엄마한테 알통 보여주면서 엄마 걱정 말라고 했던 거. 이 알통에 이렇게 주사를 엄마가 놓게 될지는 몰랐네.

　- 응. 기억나요 엄마. 근데 내가 걱정시키고 있네. 그치. 그래도 엄마가 주사 잘 놔줘서 고마워요. 엄마가 없었으면 누가 주사 이렇게 놔줬겠어요. 병준이 녀석은 안돼.

　- 우리 병호, 많이 힘들지?

　- 아니에요 엄마. 나는 괜찮아. 엄마 미안해요. 내가 아파서 미안해요.

　병호의 어머니는 시간이 날 때마다 발품을 팔아 근처 대학교에 가셨다. 학생들을 붙잡고 병호의 상황을 이야기하며 혹시 헌혈증이 있으면 얻을 수 있겠냐고 부탁을 하셨다. 그렇게 여러 곳에서 모인 헌혈증만 수백 장. 모든 것이 어머니의 정성과 노력이었다. 하지만 어머니의 노력만으로는 닿을 수

없는 것 한 가지가 있었다. 바로 '골수 이식'

사실 1차 항암 치료에 들어가면서 병원 측에서는 가장 가까운 직계 가족부터 골수 검사를 해보자고 했다. 그런데 직계 가족이라고 해도 어머니와 병준이 밖에 없었다. 서류에 아버지라 적힌 사람은 있지만, 아들이 아프다고 해도 병원 한 번 와보지 않은 사람이었으니. 생각조차 하지 않았다. 그리고 병준이. 어머니는 병준이가 아직 어려 검사 자체를 받게 하고 싶지 않았다. 그래서 직계 가족은 어머니 혼자. 어머니만 골수 검사를 받으셨다. 그런데 불합치 판정을 받았고 병호와 맞는 골수를 찾는 것에는 노력 이상의 것이 필요했다.

– 병호 아버지, 골수 검사 한 번만 받아보면 안될까요. 혹시 모르잖아요.

– 됐어. 맞는 사람 어디 나타나겠지. 나더러 그래.

– 당신 너무한 거 아닌가요. 남의 자식이 아니라 당신 자식이에요. 어떻게 이렇게 사람이 매정해요..

– 뭐어? 네가 뭔데 나한테 이래라 저래라야. 그렇게 하고 싶으면 네가 다 퍼서 줘. 네가 온동네방네 다니면서 구하면 되겠네.

철컥. 문이 열렸고 그날따라 어쩐지 더 마르고 핏기 없는 병호가 방에서 나왔고, 그 뒤를 따라 병준이 병호의 뒤에 섰다.

- 엄마. 저 사람이랑 더 이상이 이야기 하지 마세요. 혹시 골수 맞더라도 나는 죽어도 저 사람 껀 안 받아요. 그러니까 말도 섞지 마세요 엄마.

-이 새끼가. 야, 최병호 일로와 너. 어디 이 새끼가 지금. 어? 저 사람? 내가 네 친구냐 이 새끼야. 그리고 골수가 맞아도 죽어도 안 받아? 너 덜 아프구나? 확- 진짜 이 새끼를.

순간 아버지의 펴진 손바닥이 공기를 갈라 병호의 뺨으로 향하려 했다. 엄마는 믿을 수 없다는 표정을 지으며 병호의 머리를 감싸 안았다. 병준 역시 놀라 아버지를 허리춤을 잡고 밀쳤다. 그날 이후, 아버지가 집으로 들어오시는 날이 점점 줄었고 어머니는 이곳저곳 병호와 맞는 골수를 찾아다니며 시간은 흐르고 있었다. 집에서 어느 정도 시간을 보내다 보니 또 다시 병호에게 위기가 찾아오고 다시 입원을 해야 했다. 2차 항암 치료가 시작된 것이다.

- 보호자님, 혹시 환자분 동생 골수 검사는 해보셨는지요?
- 아니요, 아이가 아직 초등학교 5학년이라 너무 큰 짐을 지게하고 싶지 않아서...
- 어머님, 그래도 우선 검사를 받아보는 것이 어떨까 합니다. 솔직히 말씀드리자면 직계가족이나 친인척 사이에서 합치하는 골수가 나오는 일이 드물긴 합니다. 그럼에도 골수이식이라는 것이 단 1%의 희망을 걸고 찾아가는 일이니.. 한 번

동생분도 검사를 받아보게 하는 것이 어떨까 합니다.

　– 그럼 혹시 우리 병준이 골수가 맞으면 그 어린 아이 골수를 빼낼 수 있다는 말씀이신가요...

　– 그것도 어디까지나 합치한다는 가정 하에 드리는 말씀이라 이게 참. 어렵습니다. 12세라면 혹시 합치하더라도 1년 정도는 더 자란 후에 골수이식을 진행해야 합니다. 그리고 골수이식이 진행된다면 골수를 받는 환자는 수혈 받는 것처럼 편안히 받을 수 있지만, 골수를 주는 쪽에서는 전신마취를 하고 골수에서 골수액을 수십 번 꺼내는 작업을 진행해야 합니다. 단, 제가 지금까지 말씀드린 모든 과정은 동생 병준 군과 골수가 합치했을 때의 이야기이지만요.

　– 알겠습니다.. 우리 병호에게 참 미안한데 제가 병준이에게도 죄를 짓는 것 같아 마음이 너무 아픕니다. 선생님..

　– 그러시지요.. 어머님. 왜 아니겠습니까.. 여기 소아암병동을 보셔서 아시겠지만 한 살배기 아기부터 병호가 나이까지. 아무 것도 모르고 세상에 지은 죄 하나 없는 아이들에게 이런 아픔이 찾아드는 것을 보면 치료하는 제 입장에서도 참 마음이 아픕니다.. 아무쪼록 어머님 잘 생각하셔서 병준 군을 한 번 병원에 데려오십시오.

　– 예.. 선생님 감사합니다..

　어머니는 병준의 손을 잡고 병원 가는 버스에 올라탔다. 형을 만나러 간다며 신이 난 병준은 형과 같이 가지고 놀 미니카를 들고 노래를 흥얼거렸다. 어머니는 병준의 머리를 쓰다듬으며 살아있으며 지을 죄는 다 짓고 있다고, 그 벌까지 겸허히 받겠다고 속으로 자꾸만 되새겼다.

– 엄마, 병원에 가면 형이랑 미니카 가지고 놀 수 있어요?
– 응, 그런데 병준아. 오늘은 가서 형 만나기 전에 우리 병준이도 의사 선생님 만나서 검사 받을 게 있어.
– 엄마. 나 그거 뭔지 알아요. 그 때 아빠랑 엄마 싸우면서 하는 이야기 들었어요. 나 그거 골수 검사 받아서 형한테 내꺼 다 주고 싶어요. 그러면 형아 다 낫는 거예요? 이제 형이랑 축구도 같이 할 수 있는 거죠?
– 아유... 우리 병준이 다 컸네. 착해라.

병준은 병호가 제일 처음 이 병원을 찾았을 때처럼 어리둥절하고도 당당한 자세로 검사대에 누웠다. 옆으로 최대한 웅크려 형을 위해 받는 검사라 하니 조금도 무섭지 않았지만, 12살 아이가 받아내기에 너무도 고통스러운 과정이었다. 병호처럼 이를 꽉 깨물고 참기에는 고통에 익숙지 않았으므로 이내 큰 울음이 터지고 말았다.
병호는 가끔 병준이 병문안을 와서 형을 쳐다보고 있는 것이 싫을 때가 있었다. 스스로도 이해할 수 없는 감정이었다. 그냥 싫었다. 형으로서 무기력한 모습을 보이기도 싫고, 동생의 작은 손에 구질구질하게 망가져 들려있는 미니카도 이제는 남 보기에 부끄러웠다. 어쩌면 병호는 동생이 부끄러웠을까. 힘 센 병마 앞에서 지지 않으려 늘 이를 꽉 깨물던 병호. 그러다보니 마음속에 여유로움도 사라지고, 남에게 베풀었던 사랑도 사라지고, 동생과 놀아주던 장난기도 사라져버렸다.

　- 형아, 나 미워?
　- ....
　- 형, 나 오늘 등에 주사 꽝 맞고, 드드드득 드드드득 엄청 아픈 거 했어! 그런데 그거 내 몸에 있는 거 형아한테 주려고 하는 거라 그래서 꾹 참았어. 사실 엄청 조금 울긴 했는데, 형아 나 잘했지?
　- 야, 최병준 시끄러워. 야, 인마 너 집에 가.
　- 형.. 왜 그래.
　- 아, 꼴 보기 싫어. 꺼져.

　병호의 2차 항암 치료 초기, 그리고 병준의 골수 검사 결과를 하루 앞두고 있었다. 여느 날과 다름없이 구토하는 소리가 울리고, 주인이 환자인지 보호자인지 모를 울음소리가 울려 퍼지는 병실. 이곳에서는 병호가 가장 최고령 환자다. 병호의 오른쪽에는 태어난 지 한 살이 된 아기, 병호의 앞쪽에는 세 살이 된 아기. 그리고 대각선으로 8살이 되었지만 초등학교 1학년은 되지 못한 아이까지. 이 조그마한 아이들이, 소리 내어 우는 것 말고 아무 것도 할 수 없는 이 아이들이 자신이 받고 있는 모든 치료와 검사를 모두 받고 있다니 병호는 너무도 마음이 아팠다. 병호의 긴 양팔이 딱딱하게 뭉쳐 더 이상 주사바늘을 꽂을 수 없는 상황이 되어도 어딘가에 바늘을 꽂아 약을 투여해야 했다. 몸집이 작고 연약한 아기들은 하다못해 머리나 발가락에도 주사기를 꽂아야 했다. 병호는 그들 사이에서 더 굳건해져야함을 느꼈다. 그래서 아기들에게 나을 수 있다는 것, 형처럼 오빠처럼 꼭 이겨낼 수 있다는 것을 보여주고 싶었다.

- 엄마, 무슨 일 있어요?
- 응? 아니야. 엄마 아무 일도 없어.
- 엄마, 돈 때문에 그래요..?
- 아니야 병호야. 너는 그런 걱정 하지마. 엄마가 더 치료받고 다 나을 때까지는, 엄마가 다 알아서 할게. 그러니까 우리 병호, 밥 못 먹겠어도 더 잘 먹어야해. 엄마 없을 때 입맛 없다고 다 버리지 말고. 꼭 먹어야해. 병호야. 엄마는 우리 병호 믿어. 우리 병호 괜찮아. 다 괜찮아질 거야 병호야.

어머니는 병호의 손을 잡았다. 병호는 어머니 손이 자기의 볼을 쓰다듬어 줄 때 그 보드랍던 손이 아님을 느꼈다. 엄마 손이 언제부터 이렇게 거칠어졌는지, 엄마 얼굴이 언제 이렇게 더 야위었는지. 모든 게 다 자기 때문인 것 같아 포기하고 싶었다. 괜히 부끄러워 눈물을 훔치려던 찰나, '치-익' 병실 문이 열리고 회진 시간이 아닌데 의사가 들어왔다.

- 보호자분, 밖으로 잠시 나오시겠습니까. 골수 검사 관

련해서 드릴 말씀이 있습니다.

– 네? 네..

– 병호 요즘 상태는 어머니께서 아시다시피 항암 치료를 진행하면서 잘 버텨주고는 있지만, 저희 노력만큼 백혈구 수치가 낮아지진 않고 있습니다. 지금 상태로는 골수이식이 가장 적합하고 또 완치할 수 있는 빠른 방법인데 .. 저번에 병준 군이 골수 검사 받고 간 것 있지 않습니까.. 결과가 나왔는데 말입니다...

– 네.. 선생님 말씀하세요. 가족은 일치하기 많이 어렵다고 하셨죠. 괜찮습니다. 말씀하셔도..

– 네.. 그렇죠 어머님. 그런데 참 이런 일도 가끔 있으니 우리가 기적을 믿나봅니다. 병준 군의 골수가 병호 군과 99% 이상의 확률로 일치합니다.

– 네? 선생님, 방금 뭐...뭐라고 말씀하셨어요? 우리 병호가... 우리 병준이가....

– 네. 어머님 그런데 한 가지 걸리는 것이 병준 군 성숙도입니다. 아직 12살은 골수 이식을 주기에 어리다는 판단이 내려져 1년 정도 상황을 봐가며 기다려 보자는 의견이 나오고 있습니다. 게다가 골수이식 자체는 비용이 또 만만치 않아 이 부분은 원무과와 상의를 한 번 해보시고요. 우선 그럼 병호가 2차 항암 치료는 계속 진행하며 지켜보겠습니다. 어머님. 그래도 다행입니다.

– 아이고... 선생님 제가 어떻게 해서든 돈은 마련해 와야지요. 아이고, 고맙습니다. 고맙습니다. 아이고, 감사합니

다. 고맙습니다.

　어머니는 의사가 떠난 자리에서도 자꾸만 허리를 숙여 감사하다고 말을 했다. 눈물과 콧물이 뒤범벅된 얼굴이지만 입가에는 몇 년 만에 겨울을 이겨내고 피어난 맑은 꽃 한 송이처럼 옅은 미소가 번졌다.

5.

"한 통화에 2000원! 따뜻한 사랑을 전해요! 어려운 이웃의 아픔을 함께 느끼며 작은 정성을 나누어 희망찬 세상을 만들어가고자 합니다. 소년소녀 가정, 결식아동, 장애인과 어려운 환경 속에서 희귀질환이나, 백혈병 등 난치병으로 힘겨운 하루를 보내는 사람들에게 힘이 되어 주세요!"

병실 텔레비전에는 토요일 저녁마다 하는 프로그램 '사랑의 리퀘스트'가 방송되고 있었다. 어려운 상황에 놓여있는 사람들의 사연이 전파를 타고 전국 각지에 방송 되면 전화 한 통에 2000원씩 기부를 받아 사연의 주인공에게 기부가 되는 프로그램이다. 병호의 어머니는 '사랑의 리퀘스트'에 나오는 주인공을 보며 자기도 저렇게 다른 사람들의 도움을 받을 수 있을까 생각했다. 병호의 골수이식 수술비용을 위해서라면 공사현장에 나가서라도 돈을 벌어 와야 했던 처지였다. 그녀는 그때부터 짬짬이 메모장에 맞춤법은 어긋나지만 최선을 다해 지금까지의 모든 이야기를 글로 풀어갔다. 부끄러울 것이 없었다. 아이가 건강해지기 위해서라면, 남에게 받는 도움이, 자기 자신의 치부가 드러나는 일이 조금도 두렵지 않았다. 그녀는 남편의 손찌검부터 병호의 상황과 엄청난 확률로 들어맞은 골수가 병호의 친동생이라는 것. 하지만 수술비가 없어 골수를 눈앞에 두고도 받을 수 없을지 모른다는 이야기까지. 빠짐없이 써내려갔다.

삶이 이토록 바닥까지 내려올 수 있나 싶었다. 인생사 새옹지마라더니, 인생은 롤러코스터 같은 거라 내려갈 때가 있으면 올라갈 때도 있는 거라더니. 그녀가 딛고 있는 이 땅의 바닥은 어디까지 길래 이렇게 자꾸 내려가기만 하는지 하늘이 원망스러웠다. 그럼에도 그녀는 늘 마음에 되새겼다. '터널에는 늘 끝이 있다. 이 긴 터널에는 끝이 있다. 조금만 더 가면 빛이 보일 것이다. 터널에는 언제나 끝이 있었으니까.'

― 여보세요? 네, 안녕하세요. '사랑의 리퀘스트' 담당 작가입니다. 보내주신 사연 잘 읽었습니다. 병호가 사연이 채택 되어서 촬영도 하고 방송으로 도움을 드리고 싶은데, 혹시 어머님 괜찮으실까요?

― 세상에... 안녕하세요. 어쩜 좋아요. 세상에. 너무 고맙습니다. 당연히 되지요. 저희는 지금 병원에 있는데, 병원 측에 제가 물어봐야 할까요? 아이고 작가님, 피디님, 고맙습니다.

― 좋으시지요. 어머님. 저희도 도와드릴 수 있어 기쁩니다. 그래도 아직 방송이 되거나 한 것이 아니니까 천천히 저희가 준비를 해볼게요. 어머님. 병원 측에는 저희가 전화를 드리고 승인을 받을 테니, 어머님께서는 저희와 따로 병원 근처나 댁에서 촬영에 참여해주시면 됩니다. 어머님 그럼 다시 또 전화를 드리겠습니다.

― 네. 그럼요. 얼마든지요. 아이고, 고맙습니다. 정말 고맙습니다.

전화를 끊고 어머니는 또 다시 되새겼다. '그래, 터널에는 언제나 끝이 있었잖아. 빛이 보일 거야. 터널 끝에 다 도착했나보다. 터널에는 끝이 있으니까.' 그렇게 2001년 봄에서 여름이 되어갈 무렵, 병호가 이야기가 전파를 탔다. 혈액암 병동에서 병호를 아는 의사, 간호사들, 환자들, 그리고 보호자들이 한데 모여 텔레비전을 틀었다. 프로그램에서 다룬 병호의 모습은 병원에서 항암 치료를 하는 과정이었고, 아프기전에 찍은 병호의 사진, 그리고 병준이가 집에서 형을 애타게 기다린다는 것을 다루었다. 그날 방송도중에 걸려온 전화가 5,250통으로 총 10,500,000원이 모였다. 그 돈은 고스란히 병호의 어머니에게 전달 되었다. 방송을 마치기 앞서 마지막으로 진행자의 멘트가 병호의 귓잔등을 때렸다. 병호는 진행자의 말을 듣고 견딜 수 없는 감정에 눈물을 주체할 수 없었고 동시에 분노를 느꼈다.

– 여러분, 병호는 백혈병에 걸려 항암 치료를 받고 있습니다. 그럼에도 호전되지 않아 어려움을 겪고 있는 와중에 병호에게 기쁜 소식이 생겼습니다. 병호 골수와 거의 99.5%로 일치하는 골수 기증자를 찾은 것인데요. 그 사람은 바로 병호의 동생 12살 병준이라고 합니다. 병준이에게 골수를 받기 위해서는 비싼 수술비가 필요합니다. 딱 맞는 골수 기증자를 곁에 두고도 수술비가 모자라 이식을 받지 못한다면 얼마나 안타까울까요. 여러분의 도움이 필요합니다. 병호에게

희망을 선물해주실 분은 화면 아래로 나가고 있는 번호로 전화 주시면 감사하겠습니다. 한 통의 전화로 꺼져가는 생명에 불씨를 지펴주십시오. 여러분. 여러분의 전화를 기다리고 있습니다.

병호는 자기가 골수를 이식 받을 거란 것을 알고는 있었지만 그 골수가 동생 병준의 것이라고는 생각하지 못했다. 방송에서 그 이야기를 듣고 나니 저번 병준이 병원에 놀러 왔을 때, 짜증을 부리고 심한 말을 한 것이 큰 후회가 됐다. 그리고 병준은 절대, 죽는 한이 있어도 동생 병준의 골수는 받지 않겠다고 다짐했다. 골수 검사만 해도 얼마나 힘든 일인지 병호는 알고 있기에 그 고통을 어린 동생에게 오랜 시간, 몇 번이고 느끼게 하고 싶지 않았다.

– 엄마, 사람들이 우리 많이 도와줬어요?
– 응, 병호야. 너 골수 이식 수술 받을 수 있어. 너무 감사하게도 많은 사람들이 우리 병호가 도와주셨어.
– 엄마, 그런데 나 병준이 아프게 하고 싶지 않아요.
– 병호야. 엄마 마음도 그래. 그래도 의사 선생님이 병준이 괜찮다고 하셨어. 그러면 병준이도 우리 병호도 모두 다 건강하게 지낼 수 있잖아. 병호아 엄마는 우리 두 아들 모두 엄마한테는 보물이야.
– 엄마, 나 병준이한테 너무 미안해요.
– 수술 잘 받고 건강해져서 병준이랑 잘 놀아주고, 좋은

형이 되어줘. 그러면 돼. 병준이가 그러면 다 괜찮다고 할 거야. 너무 걱정 마. 병호야. 우리 병호 괜찮아. 다 잘 될 거야.

병호는 어머니의 말에 수긍하면서도 병준에 대한 미안함을 지울 수 없었다. 게다가 지난 번 병문안 왔을 때 있는 짜증, 없는 짜증 모두 부렸던 것이 괜히 더 미안함을 만들었다. 꺼지라는 형의 말에 멍한 표정을 짓던 그 작은 아이가 한 장의 장면처럼 머리에 찍혀있었다. 병호는 동생 생각에, 어머니는 두 아들 걱정에 각자 머리를 싸매고 한 동안 말이 없었다. 침묵이 깨지는 것은 언제나 불운의 징조였던가.

- 최병호 환자 보호자분, 여기 환자 아버지께서 면회 오셨는데, 곧 들어오실 거예요. 지금 소독 중이세요.
- 네? 병호 아빠가요?

거짓말 같은 일이라고 생각했다. 그렇게 정이 없는 사람도 자기 자식 걱정은 하는구나 하며 안도했다. 비록 병원비 한 푼 보태지 못해도 아들이 아픈데 한 번도 안 와볼 수가 없다고 조금이나마 남편에게 고마움을 가졌다.

- 당신, 병호 보러 왔어요? 여기까지 오느라 힘들었죠. 뭐 좀 마실래요?
- 그래, 마실 것 좀 가져와봐.
- 병호야, 아빠 오셨잖아. 속이 또 메슥거려서 그래? 아

빠 얼굴 좀 봐. 병호야.

병호는 괜찮던 속까지 역겨웠다. 아버지의 목소리만 들어도 온몸에 소름이 돋아 견딜 수가 없었다. 아버지를 밖으로 내보내달라고 말하려던 찰나, 아버지가 숨을 비집고 들어와 먼저 이야기를 꺼냈다.

- 방송 탔더라? 나를 아주 질 나쁜 놈으로 만들어 놨어.
- 당신, 나는 병호 하나 보고 그렇게까지 방송에서 내 치부를 드러냈어요. 그런데 지금 그걸 따지러 온 거예요?
- 이게 또 말대답이네. 여기가 집 아니라서 배짱이 두둑한 거야, 뭐야?
- 병호 보러 온 거면 조용히 병호만 보고 가세요. 안 그래도 아파서 기력 떨어지는 애한테서 이게 무슨 모습이에요.
- 그래 간다. 가. 그 뭐냐 사랑의 리크스? 뭐? 그걸로 돈은 좀 벌었냐? 얼마 벌었냐? 뭐 좀 듣자하니 꽤 들어왔다던데, 내 몫도 있는 거야 그거.
- 사람도 아니네요. 당신은. 정말.
- 사실이잖아. 네가 날 나쁜 놈 만들어서 불쌍한 척 연기했잖아. 그래서 인간들이 속아 빠져 전화통 붙들고 돈 보낸 거 아니냐. 하여간 대한민국 인간들 참 잘 속아. 눈물 한 방울 흘려주면 그저 진짠 줄 알지. 하여튼 돈이나 부쳐.

그렇게 아버지가 다녀가고, 병호는 다음 날 아침까지 이

불을 뒤집어 쓴 채로 일어나지 않았다. 너무 많은 눈물을 쏟으면 눈을 뜨기가 힘들고 온 몸에 힘이 없어진다. 몸 속 어디 구멍이라도 내고 누군가 병호의 수분을 쪽쪽 빨아먹는 것 같았다. 힘을 내야했다. 병호는 그대로라면 당장 내일이라도 죽을 것 같았다. 병호는 병과 싸우는 데 정신력의 중요성을 깨달았다. 아무리 약이 잘 들고, 체력이 좋아도 본인의 의지가 서지 않으면 몸은 그에 따라주지 않는 것이었다. 아버지가 다녀가고 며칠간 병호와 어머니는 의지 자체를 상실했다. 어머니는 인생사 롤러코스터라는 것을 믿지 않았다. 하지만 병준의 골수가 병호와 합치한다는 것, 사연이 선택되어 방송에서 도움을 받았다는 것. 다른 사람들의 일인 줄로만 알았던 행운이 자신에게 찾아 깃들었을 때, 비로소 어머니는 롤러코스터에 앉아있는 자신의 모습을 보았다. 인생은 롤러코스터. 아버지가 돈을 달라며 다녀간 그 날, 그녀가 탄 롤러코스터는 조금 상승하다 그마저 놀리기라도 하듯, 땅으로 곤두박질을 쳤다.

6.

　병호는 2차 항암 치료를 끝내고 3차 항암 치료 초반에 접어들면서 몸 안의 암 덩어리를 '관리'하는 수준으로 최선을 다했다. 그렇게라도 병준이 하루 빨리 건강하게 자라주기를, 골수 이식 수술을 할 수 있을 만큼 면역력이 높아져 있기를 바랐다. 그 시기가 성큼 다가옴은 또 다시 찾아온 여름의 열기가 알려주었다. 뜨거운 열기 속에서 점심시간만 되면 축구를 하던 병호에게 1년의 시간은 속절없었다. 그야 말로 '어쩌다보니' 1년이었다. 그 사이에 병준은 더 튼튼한 청소년이 되었고, 형에게 골수를 나누어 줄 몸과 마음이 준비되었다.

　병호의 골수 이식 수술은 또 한 번 롤러코스터에 탄 어머니와 병호를 붕 띄워 올렸다. 병호에게는 수술로 병을 완치할 수 있을 거라는 희망. 어머니에게는 다른 병원에서 수술이 진행 될 거라는 소식. 사실은 그랬다. 골수 이식 수술은 조금 더 기술이나 인술이 저명한 곳에서 이루어져야 했으므로, 매번 아버지가 찾아와 돈을 달라며 난동을 피우던 병원에서 도피할 수 있었다. 어머니에게 그것은 자기 인생에서 꼭 잡아야 할 기회라면 기회였다. 병호와 병준에게 계획을 설명하고 어머니는 대낮, 아버지가 없는 시간을 틈타 집에서 자신의 옷가지 몇 벌과 아이들의 짐을 챙겨 도망쳤다. 분명 그녀 인생에서 몇 없는 능동적 순간이었다. 부모님이 짝 지어 준 남편을 만나 흘러가는 대로 아이를 낳고 그 마저 모성애로 책임지기 위해, 먹고 살기 위해 내던져진 삶. 그것은 어머니가 수동적

일 수밖에 없던 명백한 과거였다. 짐 보따리를 양 어깨에 둘러매고 두 손 가득 무거운 가방을 쥐었음에도 그것은 자유의 무게였다. 병호의 병원으로 가는 발걸음이 그토록 가벼웠던 적이 없었다. 때마침 흐르려는 눈물을 하늘을 바라보며 참아 올려 두었다. 그리고 어머니는 모든 것이 괜찮아 지면 목 놓아 누구보다 크게 흘려줄 테니, 이제 다 끝나가니 조금만 기다려보라 스스로에게 이야기했다.

– 병준아, 형 안 밉냐?

– 뭐 그런 걸 물어. 나 옛날 꼬맹이 아니야. 이 알통 봐. 형은 그냥 가만히 누워서 내 골수나 잘 받고 일어나.

– 그래. 있잖아. 저번에.

– 저번에? 뭐?

– 최병호 환자분, 보호자 어디 가셨어요? 이제 무균실로 옮겨야 되거든요. 어머니 오시면 호출 해주세요.

– 네..

– 형 뭐? 저번에? 언제?

– 아냐. 엄마 봤어? 밖에 엄마 계시나 좀 보고 와라.

병호는 입 안 가득 나뒹구는 미안함의 모음과 자음을 소리로 만들지 못했다. 병문안 올 때마다 종종 짜증을 내고, 집으로 가라고 쫓아버렸던 것이 어쩐지 자꾸 마음에 걸려서. 지금이 아니면 전하지 못할 말이 되어버릴 것만 같은 불길한 예감이 들었다. 그럼에도 미안하다는 그 단순한 말은 결국 병준에게 전달되지 않았고, 병호는 3주간 무균실로 들어갔다.

사실 무균실이라고 병호에게 크게 다를 것이 없었다. 각 자리마다 비닐 천막을 두르고, 화장실이라고 칭하기도 어려운 간이 변기가 침대 옆에 있었다. 매번 보는 소변과 대변은 간호사들이 일일이 검사하고 상태를 물어보았다. 병호의 두 팔은 더 이상 바늘이 들어갈 구멍조차 없을 정도로 딱딱하게 뭉치고, 잘못 움직이기라도 하면 혈관이 움직여 약이 제대로 들어가지도 않았다. 피를 뽑아 지속적으로 수치를 확인해야 하는 병호는 오른쪽 위 가슴팍에 구멍을 뚫어 고무관을 심었다. 주사 바늘을 매번 꼽지 않고 바로 정맥피를 간호사들이 가져갔다. 병호는 그렇게 3주를 보내며 골수이식의 날을 기다렸다. 이상하게도 병준은 한 번도 병호를 보러 오지 않았다. 오히려 잘된 편이라 생각했다. 괜히 병준의 얼굴을 보면 미안함에 고개를 들 수 없을 것 같았기 때문이다.

　- 병호, 지금부터 골수 이식 진행할게요.
　- 네? 여기서요?
　- 네. 수액 들어가듯이 몸으로 들어가는 거예요. 섞여도 되는 다른 수액이랑 같이 흐르게 해뒀으니까 누워서 맞고 계시면 됩니다.
　- 엄마, 엄마. 병준이는요? 이거 병준이 거예요? 병준이는 괜찮대요?
　- 응 병호야. 병준이 괜찮아. 몸이 이상하지는 않아?

　병호와 어머니가 지난 1년 동안 간절히 바라던 순간이었다. 골수를 이식받아 새 생명을 얻는 것. 그런데 이렇게 간단한 일일지 몰랐다. 전신 마취라도 하고 골수 검사를 받을 때처럼 기분도 좋지 않아도 꼭 받고 싶다고 늘 꿈 꿔 왔다. 그런데 수혈팩처럼 빨간 저 링겔이 그토록 바라던 골수인가. 저게 병준이 몸에서 나온 것인가. 평생 병준에게 갚아야 할 빚이라고, 이식이 잘 되고 완치가 되면 매일 병준과 놀아주고, 이야기 들어주겠다고 다짐했다. 병호는 병준의 골수가 어떻게 채집되어 왔는지 모르는 것이 나을 뻔 했다. 병호의 곁을 지키던 간호사 선생님께 묻지 않아도 될 질문을 해서 우울함과 미안함만을 더했다.

    – 선생님, 병준이는 저 골수 검사 받을 때처럼 하고 있는 거예요?
    – 음, 병호야 그건 아니구. 병준이는 지금 전신마취해서 수술실로 들어갔어.
    – 네? 전신 마취요? 왜요?
    – 병호 골수 검사 할 때, 많이 아팠지?
    – 네. 다신 받고 싶지 않아요. 제 허리뼈를 우직하게 드릴로 박고 뚫는 것 같았어요.
    – 응, 병준이 골수가 저만큼 담겨 오려면, 그 과정을 수십 번 반복해야 하거든. 그리고 병호도 이렇게 이식 받는 걸, 오늘 한 번만 맞는 게 아니라 어쩌면 두 번 이상 맞아야 할 수도 있어. 그래서 병준이 몸에서 골수를 여유롭게 뽑아야 하거든. 그러면 병준이가 많이 고통스러울 수 있어서 전신 마취

를 하고 진행하는 거야.

'나는 이렇게 쉽게 수액 맞듯이 받고 있는데, 병준이는 그렇게 힘들게 나한테 주고 있단 말이야? 난 언제나 병준이한테 받기만 했는데. 병준이는 나 때문에 전신 마취까지 해서 그 고통을 제 몸으로 다 견디고 있다니, 나 진짜 병준이한테 잘 해줘야겠다. 좋은 형 돼야겠다. 퇴원하면 재밌게 놀아줘야지. 같이 축구도 해야지. 물놀이도 가야지.' 병호는 되뇌고 되뇌었다. 병준의 얼굴을 보면 고맙다고, 미안하다고 이야기 해주고 싶다고.

– 엄마 …
– 응 병준아, 괜찮아?
– 엄마 .. 형은?
– 형은 이식 잘 받고 있어. 병준이는 어때, 안 아파?
– 저는 괜찮아요. 형이 보고 싶어요.
– 의사 선생님이 병준이 아직 움직이면 안 된대. 나중에 형 만나러 가보자.
– 응, 엄마.. 이제 다 끝난 거 맞죠. 우리 이제 다 안 아플 수 있는 거죠.. 형도 안 아프고, 엄마도 이제 안 우는 거 맞죠..

병준은 자기 자신의 희생이라고 생각하지 않았다. 형과 같은 피를 만들어 준 어머니에 대한 보답이자, 형제로서 마

146

땅히 해야 할 일이라 생각했다. 나이에 맞지 않게 어른스러웠던 병준의 이 깊은 속내는 지난 1년의 송곳 같았던 시간이 만들어 준 그림자였다. 병준은 병호의 꺼져가는 불씨에 활활 타오르는 횃불을 넣어주었다. 병호의 몸에서 고장 난 채로 제멋대로 였던 B형 불씨는 건강하고 활력이 넘치는 AB형 불씨로 다시 병호의 몸을 채워갔다. 그랬다. B형이던 병호는 비로소 AB형이 되었다.

병호는 골수이식을 받으면서 그리고 이식 이후에도 한 동안 철저하게 몸의 반응을 살펴야 했다. 이식 도중에는 다행히 오한, 구토, 발작, 가려움이 없었지만 이식 후에 찾아올 수 있는 부작용에 대비해야 했다. 병준의 골수를 여유 있게 받아 얼려둔 터라 발생할 수 있는 응급 상황에 곧 바로 대응할 수도 있었다. 99.5%의 확률. 그것은 기증자와 이식자 사이에 자주 볼 수 있는 확률도 아니며, 그것이 병호와 병준처럼 피를 나눈 형제인 경우도 드물다. 우리가 아무렇지 않게 잠에서 깨어나 화장실을 가고, 아침을 먹고 약간의 하품을 하며 짜증을 내며 등교 또는 출근을 하는 시간에 생사의 기로에 서서 어디로 가야할지 길 잃어 어둠 속에 손을 뻗고 있는 환자들이 수없이 많다. 두려움과 불안함은 병을 더 크게 만들기도 하는데, 의지할 곳 없이 무기력에 빠지거나 나빠질 걱정에만 매달려 있는 것도 결코 치료에 도움이 되지 않는다는 것을 병호는 알고 있었다. 그저 감사하는 것만이, 그리고 면역력을 높이고 체력을 다지는 것만 생각해도 벅찼다. 다행히 이식 후 호전된 반응에 몇 주간 더 살펴본 후 병호는 퇴원을 했다. 병원을 나왔지만 다시 돌아갈 집은 없었다. 병호는 마음과 다르게 금세 짜증이 치솟았다.

- 아, 엄마. 어디로 가는 거야. 나 힘들어.
- 우리 외할머니한테 가야 돼. 병호야. 버스만 타면 되니까 저기까지만 걷자 병호야 응?
- 아, 싫어요. 나 못 걸어요. 이게 뭐예요. 걷기 싫다고요. 힘들어 죽겠다고.
- ...... 그래 택시 타자 그럼. 저기요 택시!

병호보다 더 강한 마음으로 병호를 지켜보던 어머니는 목 끝까지 타올라오는 울음을 삼켜야했다. 누군가 차를 태워 줄 사람 하나 없다는 것에 스스로 화가 나고, 아프지만 그 짜증을 다 받아내 줄 사람은 엄마밖에 없어 당신만 바라보는 병호를 보니 더 서글펐다. 입술이 시퍼렇게 변할 때까지 꽉 깨물고 택시를 잡았다. 어머니와 병호는 충북 음성, 외가댁까지 내려가는 택시 안에서 한 마디도 나누지 않았다. 미리 외가에 가 있던 병준은 병호가 그리도 반가웠다. 골수를 기증하면서 받은 아픔은 모두 과거로 지나갔고, 그 아픔보다 다시 예전처럼 형과 지낼 수 있다는 설렘이 더 앞섰다.

- 형, 왔어? 오~ 머리 좀 더 자란 것 같은데, 간호사 누나들 사이에서 인기 많았다며? 내가 가니까 또 다들 나더러 잘 생겼다고 난리시던데? 인기는 금방 이렇게 뺏기는 거야~

- 참 나. 몸 괜찮냐?

- 응. 나야 멀쩡해. 형이나 신경 써. 뭐냐 그게. 이제 그만
좀 아프고 나한테 좀 잘 해. 알았냐?

- 그래. 야 나 좀 귀찮고 힘들어. 다음에 이야기 하자.

- 에이 뭐야. 내가 그렇게 건강한 걸 줬는데도 이럴 거야?

- 야 최병준 시끄러워. 나가

- 알겠어. 형 필요한 거 있으면 불러. 나 밖에 있는다.

함께 공을 차고, 미니카를 가지고 놀 던 때가 고작 1–2년
전인데 병호는 이렇게 거리감이 느껴질 줄 몰랐다. 병호는 알
고 있었다. 같이 보낸 시간이 적어서가 아니라는 것을. 병준
은 그대로이지만 병호 본인 스스로가 병준을 밀어내고 있다
는 것을 알고 있었다. 병호는 병준에게 미안해서 어쩔 줄을
몰라 했다. 분명 퇴원하고 병준에게 가면 아프기 전처럼 지
낼 수 있을 줄 알았다. 아직 완치하지 않은 탓도 있지만, 감
정적으로 설명할 수 없는 무언가가 목에 갇힌 생선가시처럼
걸리적거렸다. 하지만 그런 병호의 속사정을 모두 아는 것처
럼 병준은 병호에게 다가갔다. 더 장난을 치고, 더욱 잘 챙겨
주고, 살던 곳이 바뀐 데다 병호는 아직 학교를 가지 못해 아
무도 알지 못하는 곳에 대한 두려움까지 떨쳐주려 애썼다.

- 형, 오늘 같이 우리 동네 pc방 가자.

- 싫어.

- 아 왜, 가자 형.

– 아 귀찮아.

– 형, 나한테 미안해서 그러지? 최병호 동생 14년차면 다 알 수 있지. 형 안 그래도 돼. 뭐 그런 것 가지고 그러냐. 나 나중에 혹시 사고 나면 피 부족할 때, 형 몸에 있는 거 그대로 나한테 꽂아도 돼. 크크 안 그래? 아 그러니까 안 어울리게 그러지 좀 마. 형

– 야 최병준. 네가 뭘 안다고 그래.

– 에이 내가 모를까봐?

– 괜찮다고 형. 가자 우리. 만날 이렇게 방에만 있어도 안 좋아. pc방 가서 미리 친구도 좀 사귀고 해. 이 동네 축구 누가 제일 잘 하나 내가 좀 알아 봐줘?

– 인마. 너 다 컸다. 휴 그래 가자.

7.

    음성중학교 3학년 2반 31번 17세, 최병호. 병호는 경기도 성남에서 중학교 2학년 때까지 다니다 학업을 중단해야 했으므로 열일곱의 나이에도 중학교 3학년 교실에서 남은 교육 과정을 모두 마쳐야 했다. 사실상 미처 다 마치지 못한 중학교 2학년 과정은 학교 측의 배려로 형식상 진급이 된 셈이었다. 병호는 한 살 어린 동생들과 같은 반에서 지낸다는 것이 크게 낯설거나 어려움이 없었다. 아팠던 사실 또한 남들보다 많이 짧은 머리 탓에 숨기려 해도 숨길 수 없는 일이었다. 그럴 때마다 병호는 아무렇지 않게 지난 일을 이야기했다. 마치 없었던 일처럼, 마치 고통을 겪어보지 않은 남처럼 말이다.

    병준은 같은 학교 1학년에 재학 중이다. 초반만 해도 형제는 등하교를 언제나 같이 하고, 병준은 병호를 알뜰살뜰히 챙겼다. 병호는 그런 병준이 고맙고 미안한 한 편, 형으로서의 책임감이나 든든함을 주지 못해 창피한 적이 많았다. 형의 마음을 알면서도 병준은 병호에게 살갑게 대했다. 이유는 다른 데 있는 것이 아니었다. 병준은 병호가 아파 병원에 지내는 동안에서야 형의 자리가 어떤 것이었는지 느꼈다. 폭력적인 아버지와 두 아들 사이에서 매일을 전전긍긍하며 살아온 어머니. 그들 중 병호는 아버지로부터 어머니를 보호해야 했고, 병준을 돌보고 챙겨야 했으니까. 적어도 아프기 전까지는 말이다. 그래서 병호가 병원에 있는 동안 집에서 혼자 가만히 병준은 달라져야겠다고 다짐했다. 형에게 갚아야 할

151

것이 생겨서, 줄 수 있어 기뻤다. 골수를 줄 수 있어 행복했고 몇날 며칠을 약해진 형을 보살피고 다시 형이 강해질 때까지만이라도 형을 대신해야 겠노라 다짐했다.

　굳은 병준의 다짐은 어쩐지 1년의 시간도 지나지 않아 무색해졌다. 형제의 사이는 맞춰지듯 하면서도 어긋나기 일쑤였다. 아팠던 일도, 골수를 기증하고 이식 받았던 일도 모두 까마득한 과거가 되어 버린 것처럼 말이다. 그들에게도 비껴갈 수 없는 사춘기가 찾아들었고 가족보다 서로의 또래 친구들과 보내는 시간이 잦아졌다. 한 달, 석 달, 그리고 6개월. 1년이 지나가면서 열여덟의 병호는 점차 예전의 모습을 되찾아갔다. 듬성듬성 머리카락이 채워졌고 야위고 거뭇하게 죽어가던 피부들이 다시금 생기로 차올랐다. 병호는 그토록 좋아하던 축구를 다시 할 수 있었고, 이제는 덩달아 친구들과 농구를 즐겨했다. 병호를 처음 보는 사람이라면 그 누구도 2-3년 전에 백혈병을 앓았을 거라 짐작할 수 없을 정도였다. 열다섯의 병준 역시 2차 성징을 겪으며 어깨가 벌어지고 근육은 더 단단해졌으며, 형보다 더 큰 키를 자랑했다. 그들은 그렇게 같은 시간 속에 다른 방향으로 웃자라는 나무처럼 극으로 치닫는 듯 했다.

　- 엄마, 나 애들이랑 농구하고 올게요.
　- 형. 나도 가면 안 돼?
　- 어 안 돼.
　- 왜, 나도 형 친구들이랑 농구하고 싶어.

- 야 낄 데 껴.
- 말을 왜 또 그렇게 하냐...
- 병호야, 너 동생한테 말 그렇게 밖에 못 해?
- 아, 뭐요. 다녀올게요.

　병호는 대문을 닫고 나오는 걸어 나오는데, 뒤통수가 시린 기분과 함께 곧바로 밀려드는 후회에 기분이 좋지 않았다. 그 깟 농구가 뭐라고, 같이 가서 해도 되는데. 그러지 않기로 했으면서 동생에게 말 할 때면 언제나 짜증 섞인 말투인 스스로가 미웠다. 달라진 학교와 일상으로 하루 온종일 마주치지 못하는 날이 더 많은데, 어색한 기류에도 먼저 말 걸어준 동생에게 오히려 고마워해도 모자랄 순간이었다. 사람의 말은 내뱉어지지 못해 후회할 때보다 덩그러니 내뱉어지고 나서 후회할 때가 많으며, 후회를 해도 결국은 잘 변하지 않는다. 자꾸만 후회라는 블록을 쌓아가는 병호는 그 위태로운 블록 이 언젠가 와르르– 무너져 버리게 될까 무서웠다. '그래, 지 금 이 시기만 지나면 되겠지. 병준이도 대학가고 나도 학교가 면 그 때 웃으면서 이야기 할 날이 오겠지 뭐.' 라고 병호는 시 간이라는 무서운 녀석은 절대 우리를 기다려 주지 않는 다는 것을 다시 한 번 머리에서 놓치고 말았다.

　2년 뒤. 병호는 스무 살이 되었다. 급성 백혈병이 발병하 고 동생 병준으로부터 골수를 이식 받은 지 햇수로 5년이다. 통상적으로 골수 이식 후 5년이 지나고 혈액 검사 및 골수 검사를 통해 이상이 없을 시, 완치 판정을 받는다. 병호는 그동안 주기적으로 병원을 다니며 혈액 검사를 받아왔고 경과를 꾸준히 지켜봐왔다. 아무래도 이식 후 면역력을 높이는 데 온 가족이 잘 도와주었고, 스스로도 체력을 쌓기 위해 좋아하던 운동을 오랜 시간 해주었더니 아주 기분 좋은 소식을 듣게 된 것이다.

'완치' 병이 완전히 낫게 된 상태를 이르는 말이다. 경미한 질병에서부터 중증의 불치병까지. '완치'라는 단어를 담당 주치의로부터 듣기를 바라는 환자만 해도 우리가 상상하는 그이상의 숫자일 것이다. 누군가에게는 꿈의 단어일 수 있고, 또 누군가에게는 하염없이 바라고 바라보다 어제를 끝으로 다시는 불러 볼 수 없는 단어가 되었을 지도 모른다. 긴 시간이 흘러 환자 본인뿐만 아니라, 주변 사람들의 도움과 배려가 더 없이 빛나는 단어. '완치' 병호와 어머니는 그 단어를 듣고 병원을 나서면서 같지만 다른 눈물을 흘렸다.

– 엄마, 감사합니다…. 저 때문에 고생 많이 하셨어요..

– 병호야, 엄마 좀 안아줄래? 병호야 엄마, 많이 힘들었어. 네가 다 나으면 이렇게 너한테 말하려고. 그래서 그동안 엄마는 힘들어도 이 악물고 참았어. 엄마 있잖아, 죽고 싶었던 날도 많았어 병호야. 너희 아버지 찾아와서 그럴 때마다 다 버리고 도망가고 싶었어. 그런데 엄마는 너랑 병준이 보면서 버텼어. 엄마 없으면 우리 병호가 항암 치료 그 힘든 거 어떻게 버티나. 우리 병호가 구토하고 어지러울 때, 그거 누가

다 치워주고 거들어 주겠나... 참 오래된 일 같아 병호야. 그치? 병준이랑 골수 맞다고 했을 때, 그 때 엄마 마음이 어땠는지.. 그 날부터 잠을 제대로 잘 수가 없었어. 병준이 그 작고 어린 것이 몸무게가 모자라서 골수 이식 못한다고 기다리라는데, 좋은 거 못 먹여서 바로 이식 수술 못 해주는 것도 이 어미 탓 같아서 말이야. 우리 두 아들 엄마가 잘못 해서 이리 됐나 싶어서 말이야.. 그래서 엄마가 많이 힘들었어... 지금 병호가 너 또래 20대 모르는 학생들 앞에 가서 헌혈증 있으면 좀 나누어 줄 수 있느냐고 물을 때도 엄마는 하나 부끄럽지 않았어. 그런데 자기 형 골수 기증 해준다고 웃으면서 수술실 들어가는 병준이 자식 보는데 엄마가 얼마나 부끄러웠는지 고개를 들 수가 없었어. 엄마가 대신 못 해줘서, 엄마가 이렇게 너희를 낳아서 말이야...

   – 아 엄마, 대체 무슨 말씀이세요. 제가 지금 여기 두 발 딛고 살아 있는 거. 병준이 덕분이에요. 그것도 맞지만 제 두 번째 목숨의 반은 엄마가 주신 거예요. 엄마가 그 와중에 헌혈증 얻어주시고, 방송에 사연 보내서 병원비 받아 오시고, 아빠가 그렇게 괴롭히는데 그 속에서 아들 둘 이만큼 키워주신 거. 아무나 할 수 있는 거 아니에요. 엄마. 지금 제 품에서 그동안 맺힌 한 다 푸세요. 엄마 그리고 이제 제가 엄마랑 병준이 지킬게요. 앞으로 우리 셋 행복할 일만 남았어요.

   병호와 병준, 그리고 어머니는 '완치 판정'을 받은 그 날에서야 끝이 없어보이던 터널을 벗어났다. 열여덟의 병준과 스물의 병호. 그리고 그 둘이 어릴 때 본 얼굴에서 어쩐지 주름이 늘어난 어머니까지. 오랜만에 셋은 함께 저녁을 들었다. 한창 공부를 하고 예민한 시기임에도 병준은 형의 완치가 너무나 기뻤고, 셋의 힘이 모두 모여 만들어 낸 기적 같은 일이라 더욱 의미 있는 날로 보내고 싶었다. 병준은 형을 위해 예쁘진 않지만 또박또박 편지를 썼다. 이제껏 연애편지를 받아는 보았어도, 써본 적은 없던 병준이, 형을 위해 편지를 쓰면서 지나간 일들이 파노라마처럼 스쳐가며 감회가 새로웠다.

'형, 여전히 내 형이어서 고마워. 나 죽을 때까지 아프지 말고 내 형 해줘. 완치 축하한다.'

짧지만 강력한 형제들만의 언어라 충분히 병호에게 전달된 편지. 병호는 그 편지를 지갑 속에 네 번을 접어 넣었다. 어릴 때만큼 살가운 형제처럼 지내지는 않아도 여전히 서로를 향한 형제애가 뜨거움을 느낄 수 있어 서로의 가슴이 따뜻해졌다. 서로의 마음을 말하지 않아도 알만한 나이는 지났다고 생각했다. 나이가 들어가면서 우리는 표현하는 것에 인색해진다. 어렸을 때는 부쩍 부모님께도 잘 안겨 사랑한다고 속삭이지만, 성인이 되어서는 '고마워요.' '사랑해요.'를 입 밖으로 내기가 참 어렵다. 병호와 병준, 어머니 이 셋 모두 역시 그랬다. 너무 힘든 과거를 보낸 탓일지도 모른다. 지난 기억을 애써 떠올리고 싶지 않았을 지도 모른다. 하지만 우리는 알아야 한다. 말하지 않으면 모른다는 것을. 사랑해서 해주는 말은 더 예쁘고 듣기 좋게 표현할 수 있다는 것을. 시간이라는 녀석은 속절없이 기다려주지 않는 다는 것을 말이다.

그렇게 시간은 훌쩍 흘러 3년이 지나 어느 뜨거운 계절이 되었을 때, 병호는 문득 땅의 열기로 아지랑이 피어오르던 중학교 운동장이 떠올랐다. 그 장면을 한 없이 그리고 또 그려보고, 병준이와 공을 굴리던 해질녘을 그렸다. 병호와 병준은 각자 다른 대학에 진학했지만 집에서 통학을 했다. 얼굴을 자주 볼 수는 없어도 가끔 마주칠 때 안부를 묻곤 한다. 병호는 술을 마시면 지갑을 꺼내 완치 판정을 받은 그 날 병준이 써 준 편지를 읽고 또 읽는 술버릇이 생겼다. 맥주 한 잔이 그의 주량임에도 마시다 병준이 생각나면 꼭 지갑을 꺼내 그 편지를 읽었다. 네 번이 접힌 종이는 접힌 자리마다 찢어지려 서서히 벌어지고 있었고 그마다 적힌 글자가 서로 떨어져 가고 있었지만, 병호는 병준이 써 준 그 두 줄의 문장을 눈으로 읽으며 마음으로 외웠다.

- 야, 최병준 그래, 내가 너 꼬부랑 할아버지 다 돼도 형노릇 할 거니까 인마. 얼굴 좀 보자. 우리 한 집에 사는 거 맞냐?
- 갑자기 전화해서 무슨 소리야. 형, 술 마셨어?
- 그래. 한 잔 했다. 여름 되고 하니까 옛날 생각이 나서 그런다. 너한테 그 때 내가 못한 말이 있었는데 말이야.
- 형 이제 내년이면 10년이다. 나한테 고마우면 나 죽을 때까지 형 하랬잖아. 뭘 또 못한 말이 남았어요. 형님.
- 에휴. 됐다 인마. 어디야. 형은 집 앞인데 넌 언제 들어

와?

　－ 나 애들이랑 여기 충주. 놀러 왔어.

　－ 인마. 그런 거는 좀 형한테 얘기 하고 가라. 너 혹시...
여자친구랑 갔냐?

　－ 형, 그런 거 아니거든? 나 애들이랑 이제 고기 구워. 끊
는다. 어머니한테는 말씀 드렸어. 내일 봐.

　－ 그래. 인마 형이... 그래. 끊어라.

　병호는 그 날 취기에라도 말하려 했다. 병준은 기억하지
못하는 장면일지라도, 작은 손에 미니카를 들고 형이랑 놀겠
다며 병문안 왔을 때 '꺼지라고' 소리치며 짜증냈던 그 날. 많
이 미안했다고, 진심이 아니었다고 전하려 했다. 그 날 병준
이 짓던 멍한 표정이 머리에서 사라지지 않아 병호는 괴로웠
다. 병준에게 그것만큼은 이야기 해야만 조금은 괜찮아질까
싶었다. 병준이 친구들과 여행에서 돌아오면 맥주 한 잔 하며
이야기 해야겠다 또 하루 미루며 잠에 들었다.

　－ 야 씨발 최병호. 네가 뭐 잘났냐? 형이면 다냐? 형이
라는 게 그렇게 약해 빠져서는 동생이 살려 줬더니. 농구 한
번 안 끼워주냐?

　－ 최병준 이 새끼 너 말 버릇이 왜 그 따위야.

　－ 내가 뭐 인마. 바른 말 아니냐? 네가 형이야?

　잘 마시지 못하는 술에 악몽까지 꾸고 나니 식은땀이 온

158

몸에 흘렀다. 동생과 싸움의 끝을 볼 수 있었는데, 도대체 누가 이겼는지. 그래서 이 죄책감은 어떻게 하면 덜어낼 수 있는지 알 수 있었는데. 속 시원히 꿈을 다 꾸지 못했던 것은 전화 한 통이 병호의 귀 언저리에서 현실로 돌아오는 길을 안내했기 때문이다.

8.

– 여보세요. 외삼촌 어쩐 일이세요?

– 지금 바로 충주 중앙병원 장례식장으로 와. 너희 엄마는 따로 출발하셨어.

– 네? 누가 돌아가셨어요? 외할머니 쓰러지셨어요??

– 아냐. 니 동생. 병준이. 끊는다. 서둘러라.

뇌에 스위치가 있다면 외삼촌의 전화를 받은 순간부터 장례식장에 도착한 순간까지 잠시 뇌를 꺼둔 듯 했다. 병호는 아무 감정이 떠오르지 않았다. 믿기지 않아서 믿을 수 없었다. 그래, 병호는 꿈을 뒤이어 하나 더 꾼 걸까? 병호는 바보같이 꿈을 꾸고 혼자서 아무 연고도 없는 장례식장에 도착해 있는 걸까? 아무리 그렇게 믿고 싶어도 자기 눈 앞에 영정 사진은 병준이었다. 아니, 이 모든 상황이 꿈속에서 일어나는 일이라면? 병호는 병준의 영정 사진 아래서 엎드려 가슴을 치시는 어머니를 보고서야, 꿈이 아님을 직시했다.

스물한 살의 여름. 병준은 자신에게 다가 온 스물한 살의 여름 앞에 결국 세상을 등졌다. 술에 취한 형의 전화에 기뻐, 친구들이 고기를 구우며 기다리는데도 한참 동안 형의 이야기를 들어주던 병준이었다. 형과 전화를 끊고 친구들에게 형을 자랑했다. 기회가 되면 형과 축구를 한 번 하는 것도 좋겠다고, 잘 되면 조기축구회를 만드는 것도 좋겠다고 말이다. 병준과 친구들은 그 날, 바다에 가기로 했었다. 시험지가 말

160

해준다. 원래 했던 답안은 바꾸지 않는 것이 맞힐 확률이 높다는 것을. 병준은 친구들과 바다에 갔어야 했다. 그들은 전날 비가 와서 불어 있을 계곡 생각에 신이 나, 그만 오답을 선택하고 말았다. 계곡과 저수지가 서로 넘나들며 건장한 스물한 살에게 물놀이를 유혹 했고, 그 깊은 수심 아래 열어 놓은 하수구는 병준을 끌어 내리기에 이미 충분한 수압을 가지고 있었다.

병호는 아무 말을 잇지 못 했다. 무슨 정신으로 상복을 갈아입었는지, 조문객과 어떻게 맞절을 했는지 생각할 겨를 없이 혼자서 중얼거렸다. '이제야 조금 표현할 수 있을 것 같았는데, 뭐가 그리 바빠서 가버렸냐. 너무 착하게 살아서 너 먼저 데려가나? 아니, 그런데 병준아, 이게 아직 꿈은 아닐까. 나 너한테 꺼지라고 해서 미안했다고, 어린 마음에 상처받지 않았냐고 너무 미안했다고. 덕분에 내가 살아있어서 고맙다고 아직 이야기 못했는데.. 같이 농구하러 가도 되냐고 했을 때, 부끄러워서 같이 못가겠다는 표정으로 낄 데 끼라며 다그쳤는데. 나 너한테 너무 미안했다고 이야기 하려 했는데. 그거 이 자식 너 오늘 돌아오면 맥주 마시면서 이야기 하려 했는데.. 이 자식... 오늘 온다고 했는데... 왜 사진 안에 있냐.. 이야기 좀 해. 제발. 제발 이야기 좀 하자 병준아.'

마치 하늘에서 자신의 소명을 가진 천사가 내려와 병호에게 도와 줄 일을 모두 마친 뒤, 다시 하늘로 돌아간 것처럼. 그렇게 병준은 천사처럼 떠났다. 그럼에도 영정 사진 속 병준은 병호에게 웃으며 속삭이는 것 같았다. '형, 내가 죽을 때까지 우리 형 해주기로 한 거 기억나지? 형 술만 마시면 이야기 하는 내 편지. 오~ 최병호 형님. 그 약속 지켰네? .. 고마워. 내 형이어서 고마워.'

- 엄마, 엄마 미안해요. 제가 죄송해요.
- 병호야. 엄마 어떡하니. 엄마가 전생에 너무 큰 죄를 지었나봐. 병호야.. 우리 병준이 불쌍해서 어떡하니..
- 엄마 제가 병준이 골수를 받아서, 우리 병준이 그래서 힘이 없어서 가버린 것 같아요. 엄마. 나 병준이한테 미안해서 어떡해요.
- 병호야, 그렇지 않아. 엄마가 박복해서 그래.. 이 엄마가 박복해서, 전생에 죄가 많아서 그래. 그 죄를 왜 다 너희들이 받고 있는지.. 엄마가 너무 미안해. 죄가 있다면 엄마가 그 죄를 다 받아야 하는데... 너희들을 다치게 해서 미안해 엄마가.
- 엄마, 병준이가 그렇게 갔는데도 아버지라는 그 인간은 와보지도 않았어요?
- 그 사람 원체 정이라고 있었니...
- 엄마 이건 정이 아니라.. 아, 아니에요. 이야기해서 뭐하겠어요.. 엄마 우리 좀 정리해 두고 짧게라도 여행가요.
- 그래, 조금만. 조금만 이따 가자. 우리 병준이 엄마 가슴 속에 담아질 때까지만, 기다려줘.

병호의 아버지는 아비된 자로써 조금의 양심도, 의무도

느낄 수 없었던 것일까. 아니라면 새로 꾸린 가정에 충실하기 위해 마음이 아프지만 올 수 없었던 것일까. 어떤 이유에서든 아들의 장례식장에 나타나지 않은 그의 행동에 어머니와 병호는 다시 한 번 혀를 내둘렀고, 웬만해선 마주치고 싶지 않은 사람이라 앞으로 볼 일이 없기를 기도했다. 병호는 병준이 떠난 자리를 하루, 하루가 지날수록 더 가까이 체감했다. 집안에 병준의 흔적을 정리하면서 또 한 번 눈물로 동생을 붙잡았다. 병준과 함께 공을 차던 운동장을 지나며 또 눈물이 흘렀고, 병준에게 받은 지갑 속 편지는 절대 다시 펴 볼 수 없는 유품이 되어버렸다. 죽을 때까지 자기의 형이 되어 달라던 그 말은 유서가 되어버렸고, 그 약속은 끝내 병호가 지켜주어서. 그런 병호 스스로가 미웠다. 병호는 못한 말을 전하고 싶어 꿈에서 병준을 늘 기다렸다. 병준이 문득 꿈에 나타난 날이면, 그렇게 욕을 하고 서로를 헐뜯으며 싸운다. 아마 병호의 깊은 죄책감 때문일 것이다. 하지만 병호는 꿈에서 만나면 꼭 안아주며 '미안하고 사랑한다.' 이야기 해주고 싶었다. 바라고 바라던 어느 날, 또 두 형제는 꿈에서 싸움을 했다.

　– 네가 그러고도 형이냐? 꺼지라니. 내가 부끄러워서 꺼지라고 그랬냐? 어? 최병호.
　– 야 최병준, 그만 해라. 형한테 할 소리 아니잖아.
　– 왜? 찔려? 내가 형 아프다고 그동안 얼마나 이해했는데. 술주정뱅이 폭력배 아버지는 집 나갔지, 어머니는 온종일 형 아프다고 따라다니시지. 만날 집에 나 혼자야. 깜깜한

집에 혼자 누가 들어올까 무서워서 방마다 문을 다 잠그고 있었어. 알아? 무섭고 배고프고. 생라면 부숴 먹으면서 그래도 몸무게 빨리 늘려서 형한테 골수 주겠다고 그렇게 버텼어. 근데 뭐? 꺼지라고? 낄 데 끼라니.

　– 병준아. 미안해... 미안해. 형이 너무 미안해.

　– 참 빨리도 이야기 한다.

　– 말 하려고 했는데, 말 하고 싶었는데 왜 이렇게 너 살아 있을 때는 입이 안 떨어졌는지. 형이 이렇게 멋이 없다.

　– 아 됐어. 뭐 그런 이야기를 해.

　– 병준아. 형이 많이 미안했어. 그리고 형한테 새로운 삶을 줘서 고마워. 병준아 형이 많이 사랑해.

　– 형, 나도 우리 엄마랑 형. 사랑해. 엄마 지켜줘. 알겠지? 나 간다.

　– 병준아, 최병준!

　병준의 이름을 부르며 잠에서 깬 병호는 병준이 다녀간 그 자리에서 조금도 움직일 수 없었다. 병준의 표정과 음성을 그대로 곱씹고 기억하려 애썼다. 평소와 똑같이 싸우는 꿈이었지만 그래도 가족을 사랑한다고 이야기해주는 병준에게 병호는 너무도 고마웠다. 2017년, 그렇게 병준이 세상을 떠난 지 어느덧 10년이 되었다. 병호의 어머니는 작은 피자가게를 하시며 생계를 이어 가시고, 병호는 운동처방사가 되어 잃기 전에 소중한 건강을 일깨우는 데 더 힘을 쓰며 지낸다. 시간은 가혹하게도 속절없이 흘러가 버린다. 떠난 사람을 주변 사람들은 서서히 잊어가고 자기 자신의 삶에 치여 돌아보지 못할 때가 오면 가끔 떠올려 보는 그 사람의 얼굴에 우리는 눈물을 짓기도, 위로를 받기도 한다. 병준은 여전히 병호의 꿈속에 가끔 나타나 심한 말을 하고 싸우지만, 이제는 그것이 병호 스스로가 만들어 내는 꿈이란 것을 잘 안다.

'시간이 오래 지나도 병준을 잊지 않기 위해. 꿈으로 불러나는 여전히 너의 형이라고 보여주기 위해. 어머니랑 형은 잘 지내고 있으니 걱정 말라 이야기하기 위해. 형이 너를 많이 사랑한다고, 우리 여전히 사랑하자고 이야기하기 위해. 사랑한다고. 사랑하자고.'

나는 당신을 편애합니다

2017월 11월 22일 초판 1쇄 발행
2022월 4월 30일 2판 1쇄 발행
펴낸곳 / 테라포트
출판 등록 : 2021년 7월 14일(제2021-000010호)
전자우편 : momentarymee@naver.com
인스타그램 : @momentary_me
지은이 : 손현녕
펴낸이 : 손현녕
isbn 979-11-975465-2-5
ⓒ 손현녕, 2017. printed in Seoul, Korea